ET SI LA TERRE S'ARRÊTAIT DE TOURNER ?

et autres extrapolations imaginaires

Du même auteur, aux éditions Leduc :
Ça fait quoi ?, 2025.

Leduc s'engage pour une fabrication écoresponsable !
« Des livres pour mieux vivre », c'est la devise de notre maison. Et vivre mieux, c'est vivre en impactant positivement le monde qui nous entoure ! C'est pourquoi nous avons fait le choix de l'écoresponsabilité. Un livre écoresponsable, c'est une impression respectueuse de l'environnement, un papier issu de forêts gérées durablement (papier FSC® ou PEFC), un nombre de kilomètres limité avant d'arriver dans vos mains (90 % de nos livres sont imprimés en Europe, et 40 % en France), un format optimisé pour éviter la gâche papier et un tirage ajusté pour minimiser le pilon ! Pour en savoir plus, rendez-vous sur notre site.

Conseil éditorial : Olivier Roland
Illustrations : Matthieu Lemarchal
Rédaction : Marc Ouahnon
Édition : Julie Drouet
Préparation de copie : Camille Le Dain
Correction : Audrey Peuportier
Maquette et design de couverture : Antartik

76, boulevard Pasteur
75015 Paris
ISBN : 979-10-285-3479-0

Poisson Fécond

ET SI LA TERRE S'ARRÊTAIT DE TOURNER ?

et autres extrapolations imaginaires

LEDUC

Préface

Depuis gamin, j'ai un problème. Quand on me dit « c'est impossible », j'ai juste envie de demander : « OK, mais... si c'était possible ? » Et c'est ce petit bug dans mon cerveau qui m'a poussé, des années plus tard, à devenir Poisson Fécond, puis à écrire ces pages.

Dans la vie, j'ai toujours été fasciné par ce contraste entre l'imagination la plus débridée et la rigueur scientifique. D'un côté, cette capacité qu'on a à inventer des histoires, des mondes parallèles, des « et si » totalement farfelus. De l'autre, la science, avec ses règles, ses lois, ses chiffres. Deux univers qu'on pourrait croire opposés, mais qui, en réalité, se complètent à merveille. Parce que c'est souvent en se posant des questions bizarres qu'on découvre des réponses passionnantes !

Vous voyez, on nous apprend à séparer le sérieux de l'absurde, comme si le premier était noble et le second inutile. Mais si on mélange les deux... il se passe quelque chose de magique. Derrière une hypothèse complètement improbable se cachent de vrais phénomènes, de vraies conséquences, et parfois même des leçons sur notre monde bien réel.

C'est un peu l'esprit de ces pages : prendre des idées qui feraient hausser les sourcils de votre prof de physique et se demander, sans rougir : « D'accord, mais si ça arrivait vraiment ? » Et là, on ne se contente pas de rêver : on calcule, on estime, on modélise. On fait appel à la science pour donner corps à l'imagination.

Au fil des années, à travers ce que je crée sur Internet, j'ai vu à quel point cette fusion plaisait. Parce qu'on apprend mieux quand on s'amuse. Vos profs ne vous l'ont jamais dit ? Ah non, peut-être pas. En tout cas, les miens pas suffisamment, hélas. D'ailleurs, je peux vous faire une petite confidence : j'ai rarement aimé l'école, ou les cours. Pas assez concret, pas assez intéressant, pas assez vivant, pas assez amusant... Et pourtant, je voulais devenir prof à mon tour, pour essayer de transmettre ma passion du monde de manière ludique ! En somme, réussir là où mes professeurs ne m'avaient pas convaincu.

Finalement, les années ont passé et je n'ai pas mis les pieds dans l'Éducation nationale – bien que certains enseignants parlent de mon contenu aujourd'hui à leurs élèves. En même temps, la curiosité n'est pas une matière scolaire, c'est une énergie qu'on peut nourrir à tout âge. Et un sourire est souvent la meilleure porte d'entrée vers une idée sérieuse.

Alors, oui, vous allez croiser ici des scénarios qui ont l'air absolument fous. Certains vous feront rire, d'autres vous donneront peut-être un petit frisson, et d'autres encore vous feront lever un sourcil en mode « Ah ouais, je n'y avais jamais pensé... ».

Mais tous ont un point commun : ils montrent qu'on peut partir de l'improbable pour apprendre quelque chose de concret sur notre planète, notre histoire, ou même notre avenir.

Et puis, il y a un autre plaisir, plus discret : celui de voir que la science n'est pas figée. Elle ne se limite pas à des équations froides dans un manuel. C'est une boîte à outils qui nous permet de tester nos idées, même les plus dingues. Un peu comme un bac à sable géant où chaque « et si » devient un terrain d'expérimentation.

J'aime penser que ce genre d'exercices n'est pas seulement divertissant. C'est aussi une manière de garder un esprit ouvert, de s'entraîner à voir les choses sous un angle différent. Parce que dans la vraie vie, les grandes idées viennent souvent de ceux qui ont osé poser des questions que personne n'avait songé à formuler ! Je suis convaincu que les enfants et adolescents qui cultivent cet émerveillement pratique deviendront des adultes avec une longueur d'avance sur les autres.

Alors, que vous soyez là par curiosité scientifique, pour passer un bon moment, ou juste parce que la couverture vous a tapé dans l'œil, bienvenue. Installez-vous confortablement, détendez-vous… et laissez votre esprit vagabonder. On va voyager ensemble dans des univers incroyables, explorer des futurs alternatifs, revisiter l'histoire, et tordre un peu les lois de la nature, juste pour voir ce que ça donne.

Et si, au passage, vous vous surprenez à sourire en apprenant un truc, mission accomplie.

Chris

Sommaire

Et si

LE SOLEIL S'ÉTEIGNAIT PENDANT 1 AN ?

Imaginez que le Soleil, comme une grande ampoule, claque subitement et cesse de nous offrir sa douce lumière. Une mission est envoyée dans l'espace, mais elle mettra 365 jours exactement à régler le problème. Qu'adviendrait-il de l'humanité et de notre planète pendant ce laps de temps ? Et, si nous nous en sortons, quelles traces laisserait un tel bouleversement ?

APRÈS QUELQUES HEURES

À l'instant précis où le Soleil cesserait de briller, vous ne remarqueriez rien. Pour assister à l'extinction de notre astre, il faudrait en effet attendre 8 minutes et des poussières, soit la durée que mettent ses rayons pour traverser le vide spatial. L'obscurité engloberait alors la face éclairée de la Terre. Et ce serait une nuit sans Lune, puisque cette dernière ne brillait que parce qu'elle réfléchissait la lumière du Soleil. Bien sûr, les gens commenceraient à devenir nerveux... Certains y verraient la fin du monde, d'autres une opportunité pour se livrer au pillage, et les plus malins seraient déjà en train d'enfiler des vêtements chauds : en quelques heures, la température moyenne sur la planète chuterait de 14 °C à 10 °C. Rien de remarquable pour l'instant, c'est ce qui se passe chaque nuit, sauf que là, la nuit serait partie pour durer...

APRÈS 1 SEMAINE

Les jours s'écouleraient et la température continuerait de descendre. Au bout d'1 semaine, le mercure du thermomètre serait passé sous la barre des 0 °C. Les ennuis commenceraient donc pour les populations des zones n'ayant jamais été exposées à de telles températures, puisqu'aucune infrastructure ne serait prévue pour y résister. Ainsi, des millions d'habitants de ces régions chercheraient du secours dans des grandes villes déjà sens dessus dessous et les armées seraient mises à contribution pour limiter les exactions.

« Imaginez que le Soleil, comme une grande ampoule, claque subitement… »

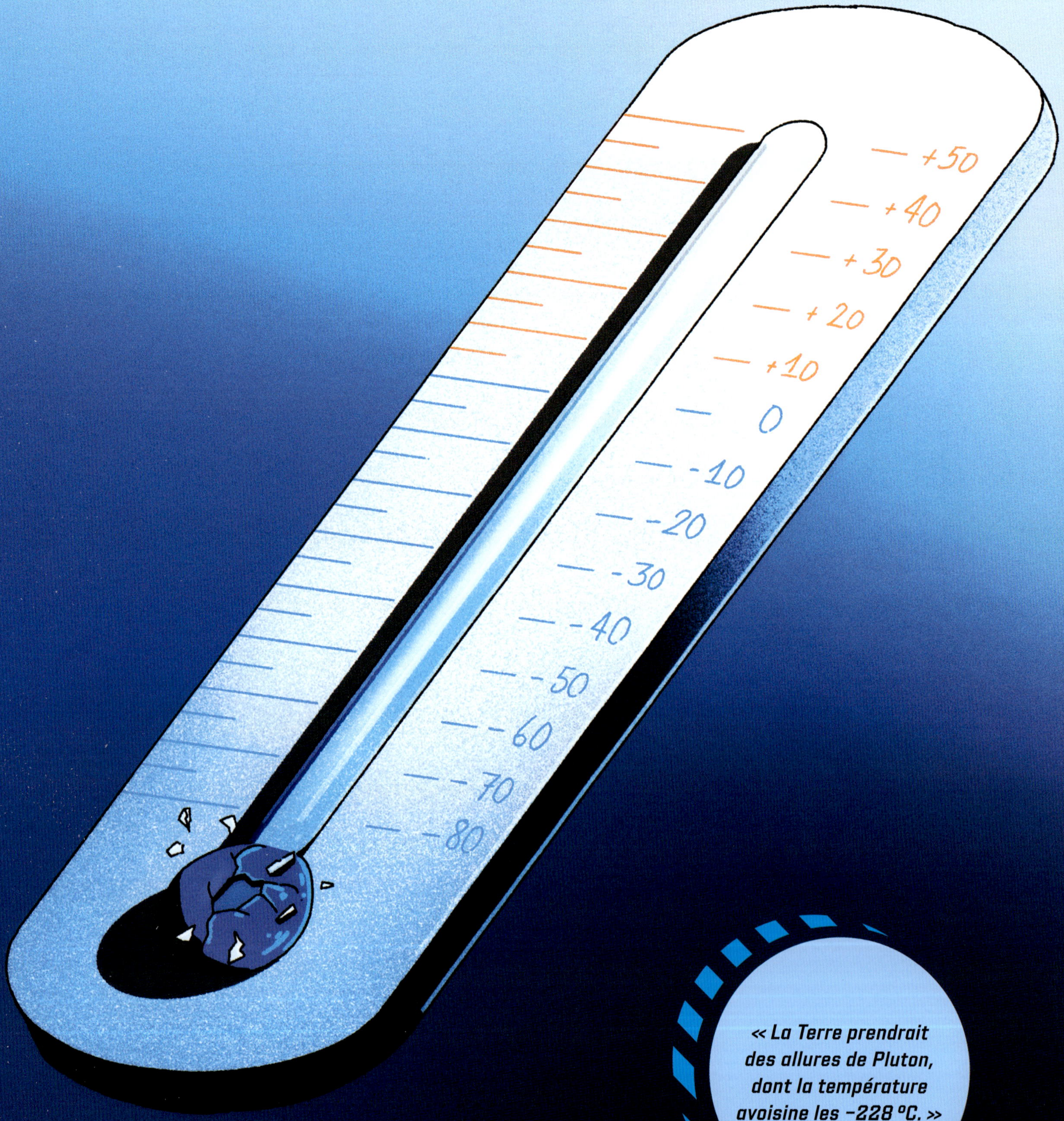

« La Terre prendrait des allures de Pluton, dont la température avoisine les −228 °C. »

Les éléments ne feraient rien pour améliorer la situation : avec le froid, l'eau se condenserait pour retomber sous forme de pluie ou de neige. Cela étant, ce seraient les dernières précipitations que nous connaîtrions, puisque, sans soleil pour faire s'évaporer l'eau et donc renouveler l'humidité de l'atmosphère, l'air deviendrait bientôt très sec et les nuages disparaîtraient. Quant aux ruisseaux, ils se mettraient à geler et amoindriraient l'alimentation des rivières, qui elles-mêmes réduiraient le débit des fleuves.

APRÈS 1 MOIS

Après 1 mois, les littoraux finiraient par geler. Et progressivement, la mer elle-même se transformerait en glace. Deux semaines de plus et nous en serions à environ -8 °C, sans la moindre variation puisque la nuit serait permanente. La température extrême aurait raison de la majorité des humains qui n'y étaient ni habitués, ni préparés. Seuls la Scandinavie et les pays comme le Canada ou la Russie parviendraient à mieux résister.

APRÈS 6 MOIS

Les choses sérieuses commenceraient à arriver après quelques mois. La température terrestre moyenne frôlerait les -50 °C. La surface des océans serait gelée jusqu'à plusieurs mètres de profondeur. Il serait désormais possible de rejoindre l'Espagne depuis l'Angleterre à pied, voire de traverser l'Atlantique Nord.

Pour nous, ce ne serait pas vraiment la joie. Au sens propre, car l'absence de lumière pendant un temps aussi long a quelques effets sur la santé, comme le dérèglement de l'horloge biologique et la baisse considérable de moral due à l'absence de sérotonine, stimulée en partie par la lumière du jour. Et les perspectives sombres n'aideraient pas à soigner les dépressions.

De fait, les stocks de nourriture se mettraient à geler. Si cela permettrait de conserver certains aliments comme la viande, d'autres deviendraient impropres à la consommation. L'agriculture serait complètement détruite : sans soleil, plus de photosynthèse, autrement dit plus rien ne pousserait. D'ailleurs, avec un sol gelé, même la lumière artificielle ne pourrait rien faire croître... Les animaux qui n'étaient pas acclimatés à des températures si basses finiraient par mourir. Leurs corps, conservés par le froid, seraient de potentielles réserves de nourriture pour les hommes.

L'électricité serait de plus en plus difficile à fabriquer, et tous les appareils fonctionnant à l'énergie solaire rendus inutilisables. En l'absence de chaleur du Soleil pour créer des masses d'air chaud ou froid, les éoliennes non plus ne tourneraient pas. En revanche, il serait toujours possible de compter sur les centrales nucléaires ou à charbon, en admettant qu'elles puissent résister à des températures aussi basses.

APRÈS 1 AN

Le monde et ses habitants iraient vraiment mal. À -78 °C, la Terre prendrait des allures de Pluton, dont la température avoisine les -228 °C. Les centrales électriques et nucléaires auraient cédé au froid, les humains auraient néanmoins pu se réfugier dans des villes souterraines, plus faciles à maintenir au chaud. Le manque de nourriture aurait décimé une grande partie de l'humanité et de la faune.

Après ce froid inhumain, vous sortiriez de votre ville troglodyte et là, soulagement, le soleil vous éblouirait à nouveau. L'équipe partie « réparer » notre astre a réussi sa mission ! Vous pouvez vous détendre : le Soleil étant une immense boule d'énergie en fusion, sa durée de vie est estimée à encore plus de 5 milliards d'années. De quoi voir venir...

Et si
ON ÉTAIT 100 MILLIARDS D'HUMAINS SUR TERRE ?

8 milliards aujourd'hui, 10 milliards en 2050… La population mondiale continue d'augmenter et pose de plus en plus de défis. Mais qu'en serait-il si elle passait subitement à… 100 milliards d'individus ?

COMMENT SE LOGER ?

Pour loger tout ce beau monde, toutes les grandes villes de la planète devraient ressembler à Dacca, au Bangladesh, qui compte 47 000 habitants au km². Pour vous donner un point de comparaison, sachez que Lyon a une densité de population de moins de 11 000 habitants au km²… Bon nombre de ces agglomérations auraient vu le jour dans de nouvelles zones construites sur les 100 millions de kilomètres carrés de terres habitables actuellement disponibles sur le globe. Et pour caser le plus de personnes possible, plusieurs pistes seraient explorées. Tout d'abord, la hauteur : les tours et les buildings représenteraient l'essentiel de nos habitations. Ensuite, la profondeur : des logements seraient construits… sous terre. Hong-Kong a d'ailleurs déjà donné l'exemple, avec un sous-sol qui accueille des parkings et des archives. Enfin, les villes se prolongeraient jusqu'à coloniser une partie des plus grands espaces du globe : les océans. Dans cette optique, la principauté de Monaco a montré un parfait exemple en achevant en 2024 le quartier de Mareterra, construit sur la mer.

COMMENT SE NOURRIR ?

La question de la nourriture serait encore plus cruciale : en gardant notre production alimentaire actuelle, il nous faudrait attendre 583 ans pour pouvoir nourrir… 10 milliards de personnes ! Alors, 100 milliards de personnes… Autant dire qu'il faudrait revoir totalement nos méthodes et effectuer une véritable révolution agricole. L'idée serait de se tourner vers un modèle de culture économe en eau comme en espace, et probablement… végan.

En ce qui concerne les ressources en eau, justement, elles seraient très inégalement réparties, comme aujourd'hui. À cause des nappes phréatiques insuffisantes, on chercherait à produire de l'eau potable en désalinisant l'eau de mer, une technologie cependant onéreuse, seulement accessible aux plus riches.

IMPACT SUR LA NATURE

Le principal impact sur l'environnement serait l'accumulation des déchets. En France, un habitant a produit en moyenne 354 kg d'ordures ménagères en 2020. En prenant ces chiffres pour exemple, 100 milliards d'humains généreraient chaque année 35400 milliards de tonnes de déchets ! En clair, la Terre ressemblerait à un dépotoir de plastique géant, en plus d'être étouffée par la pollution de l'air et des sols.

UNE VIE CONFINÉE ?

Dans des villes aussi surpeuplées, l'ambiance dans les rues serait tout simplement irrespirable. Aucune possibilité d'intimité, même aux heures les plus tardives. Tout serait bondé, un peu comme une fête de la musique permanente ! Mieux vaudrait donc rester chez vous. Ce serait d'ailleurs la recommandation officielle des autorités, notamment pour éviter de saturer les transports en commun. L'idéal serait de faire un maximum de choses depuis votre domicile, de façon connectée. Mais si vous deviez absolument sortir, vous prieriez pour que les structures des transports aient été construites en hauteur, dans les airs, et, si possible, qu'ils soient non polluants. Sans quoi il pourrait devenir impossible de respirer correctement tant la circulation serait importante. Quoi qu'il en soit, l'immense densité de population couplée à la pollution, à la cohabitation avec les déchets et aux fortes inégalités sociales, provoquerait inévitablement des épidémies.

GUERRES ET CATASTROPHES NATURELLES

Bien sûr, idéalement, des milliards d'humains se souderaient pour trouver ensemble des solutions à ces problématiques compliquées. Mais, dans les faits, les inégalités se creuseraient sans doute encore plus, des famines décimeraient toute une partie de la planète tandis que les populations les plus riches, une minorité, garantiraient leur accès à l'eau et à la nourriture.

Nous assisterions probablement à des guerres pour les ressources ou à des révolutions populaires. D'une part, luttant pour leur survie, les peuples comme les États se soulèveraient pour obtenir l'accès aux ressources vitales, devenues synonymes de pouvoir. D'autre part, la pollution accélérerait le réchauffement climatique, et les catastrophes naturelles ou écologiques se chargeraient, pour finir, de faire revenir petit à petit la population humaine à une démographie que la Terre pourrait supporter.

IMPOSSIBLE SURVIE

En bref, il serait quasiment impossible de survivre très longtemps dans ces conditions et l'humanité finirait par mourir de faim ou de maladie, ou par vivre comme des animaux en cage... La Terre serait tout simplement incapable de faire face à une espèce aussi endémique que l'être humain.

Avec ce scénario peu reluisant, il devient même difficile d'envisager sereinement le cap des 10 milliards d'humains, prévu pour 2050... À cet horizon, laisserons-nous les ressources s'épuiser petit à petit ou bien la technologie et les révolutions écologiques nous permettront-elles de donner à chacun de quoi vivre et se nourrir ?

« 8 milliards aujourd'hui, 10 milliards en 2050… Et si nous étions 100 milliards d'humains sur Terre ? »

Et si
LES DINOSAURES N'AVAIENT PAS DISPARU IL Y A 66 MILLIONS D'ANNÉES ?

Vous avez sûrement appris à l'école que les dinosaures se sont éteints lorsqu'un énorme astéroïde a percuté le globe terrestre. Imaginons un instant que cet événement ne se soit jamais produit et que l'évolution ait suivi son cours... À quoi notre planète ressemblerait-elle aujourd'hui ? L'être humain aurait-il seulement pu s'y développer ?

SURVIVRE À L'ASTÉROÏDE

Avez-vous déjà entendu parler du cratère de Chicxulub, dans l'État du Yucatán, au Mexique ? C'est à cet endroit que s'est écrasé, il y a 66 millions d'années, un astéroïde de 10 km de diamètre. D'une puissance inouïe, il a provoqué l'une des plus grandes extinctions de masse de l'histoire terrestre : celle des dinosaures. Pourtant, si l'événement avait eu lieu un peu plus tôt ou un peu plus tard, tout aurait pu être différent, et nos chers reptiles auraient peut-être pu survivre. C'est en tout cas la thèse avancée par des scientifiques, qui pensent que l'extinction des dinosaures n'est pas seulement due à cette collision, mais aussi à d'autres facteurs aggravants, comme l'activité volcanique, les bouleversements climatiques ou la baisse de diversité des espèces. En somme, l'impact est survenu au pire moment possible... et n'aurait été que le coup de grâce d'une série de changements défavorables aux dinosaures.

ÉVOLUTION DES ESPÈCES

À présent, sachez qu'en réalité, les dinosaures n'ont pas totalement disparu... Vous en croisez même tous les jours, où que vous vous trouviez. Ou plutôt, vous croisez leurs descendants directs : les oiseaux. Pattes griffues, tête allongée, démarche... Les points communs sont nombreux. Et, en sachant qu'il existe deux fois plus d'espèces d'oiseaux que de mammifères, nous pourrions presque parvenir à la conclusion que les dinosaures dominent toujours le monde !

En revanche, si les « vrais » dinosaures, appelés « non aviaires » (les tyrannosaures, tricératops, stégosaures et autres vélociraptors), avaient survécu, cela aurait changé radicalement la trajectoire de l'évolution. Leur présence aurait continué à écraser les autres formes de vie animale, notamment les mammifères, qui à l'époque vivaient cachés, étaient de petite taille et sans grande perspective évolutive. Les girafes, les ours, les tigres, et certainement la majorité des espèces actuelles, n'auraient sans doute jamais vu le jour. La biodiversité marine aurait également été bridée par la domination reptilienne sur les océans.

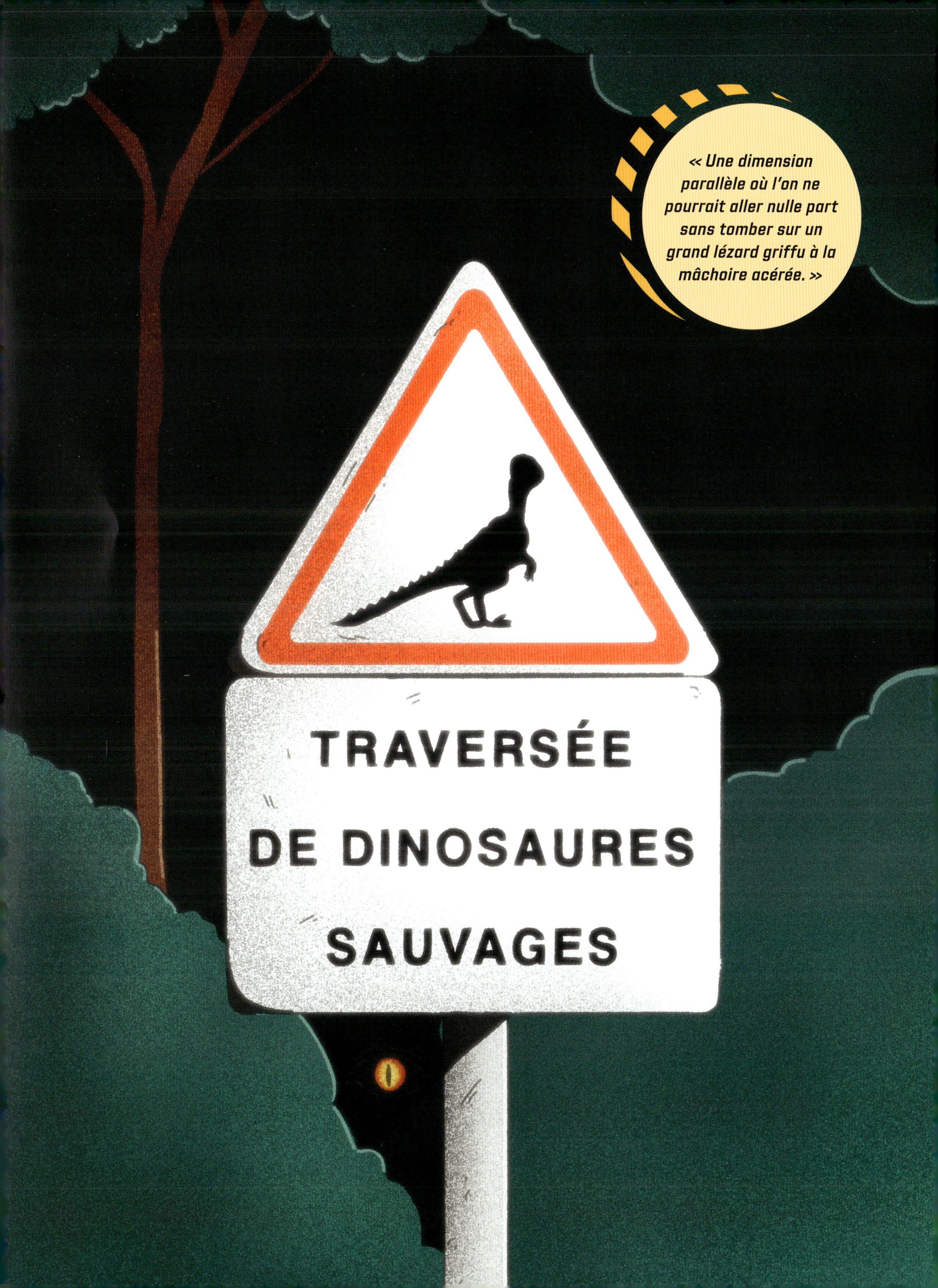

« Une dimension parallèle où l'on ne pourrait aller nulle part sans tomber sur un grand lézard griffu à la mâchoire acérée. »

« La Terre aurait-elle pu voir émerger de véritables dino-civilisations, conquérant continents et océans… à notre place ? »

QUI DOMINERAIT LE MONDE ?

Dans cette dimension parallèle où l'on ne pourrait aller nulle part sans tomber sur un grand lézard griffu à la mâchoire acérée, une question centrale demeure : nous autres humains, aurions-nous pu exister ? Rien n'est moins sûr. Comme vous l'aurez compris, la disparition des dinosaures a joué un rôle important dans le processus d'évolution des mammifères. Libérés de leurs prédateurs géants, ces derniers ont pu se développer jusqu'à donner naissance aux grands singes, qui ont eux-mêmes évolué vers l'australopithèque, ancêtre du genre *Homo*, dont est issu l'*Homo sapiens*. Dans un monde toujours gouverné par les dinosaures, l'évolution humaine aurait probablement été stoppée net et, au mieux, seuls de petits mammifères auraient subsisté, sans jamais pouvoir se hisser au sommet de la chaîne alimentaire.

Dans le meilleur des cas, les dinosaures, en poursuivant leur évolution, auraient commencé à rétrécir. En particulier les grands géants herbivores, comme le diplodocus ou le brachiosaure, dont la taille aurait probablement diminué jusqu'à atteindre celle d'un éléphant. Cela nous aurait peut-être laissé un peu de place pour évoluer, mais jamais nous n'aurions eu l'espace nécessaire pour nous développer comme nous avons pu le faire, en colonisant tous les continents et en nous affirmant comme l'espèce dominante du règne animal.

L'HYPOTHÈSE DU TROODON

Mais si nous n'avions pas existé, quelle espèce aurait pu dès lors dominer la planète ? C'est la question que s'est posée le paléontologue Dale Russell lorsqu'il a découvert son premier crâne de Troodon. Ce petit dinosaure en apparence banal possède en réalité une cavité cérébrale d'une taille exceptionnelle par rapport à son corps, ce qui suggère une intelligence supérieure à celle des autres. Selon Russell, le Troodon aurait pu évoluer d'une manière similaire à l'humain et, grâce à ses pouces opposables, aurait pu adapter le reste de sa morphologie à son environnement et finir par… fabriquer des outils. Sa tête aurait pu s'alourdir, ses dents disparaître et sa posture se verticaliser pour atteindre une apparence proche de la nôtre. Le savant est même allé jusqu'à faire représenter ce à quoi aurait pu ressembler un Troodon mi-reptile mi-humain !

DINO-CIVILISATIONS ?

À l'image de l'hypothèse du Troodon, pourquoi ne pas imaginer que tous les dinosaures auraient poursuivi leur évolution et gagné en intelligence ? Auraient-ils pu devenir des sortes de « dino-sapiens » ? La Terre aurait-elle pu voir émerger de véritables dino-civilisations, conquérant continents et océans jusqu'à l'espace… à notre place ?

Et si
TOUTE L'HUMANITÉ FUMAIT EN MÊME TEMPS ?

Aujourd'hui, environ 1,3 milliard de personnes se considèrent comme fumeurs. C'est plutôt élevé par rapport à la population mondiale de 8,2 milliards d'habitants. Cependant, imaginons que ce nombre grimpe jusqu'à concerner l'ensemble de l'humanité et qu'en plus de cela, tout le monde tire une bouffée en même temps... Que se passerait-il alors ?

RIEN DE NOUVEAU POUR CERTAINS

Premier constat cruel : pour que l'expérience fonctionne, il faudrait faire participer tout le monde, y compris... les enfants. Et pas qu'un peu, puisque l'humanité en compte actuellement environ 2,2 milliards. Parmi eux, certains ont d'ailleurs déjà fumé : dans des pays comme l'Indonésie, il est malheureusement commun de voir des enfants fumer dès l'école primaire.

Mais les plus mauvais élèves sont ailleurs : parmi les pays au plus haut taux de tabagisme, citons la Birmanie, la Serbie ou le Liban. La France se situe elle aussi en haut de ce tableau, avec une triste 19e place : on a compté en 2024 plus de 75 000 décès liés au tabac.

4 MILLIARDS DE LITRES INHALÉS

Ça y est, les 8,2 milliards de cigarettes sont prêtes à être fumées en même temps. Les réunir n'aurait pas demandé d'effort particulier, puisque 11 milliards d'entre elles sont consommées chaque jour. À présent, tentons d'établir combien de litres de fumée seraient inhalés par tout ce beau monde rien que lors de la première bouffée. Pour ce faire, rappelons que, si les poumons moyen d'un homme ont une contenance moyenne de 5,5 l et ceux d'une femme de 4,5 l, ce total doit être divisé par 10 pour obtenir la contenance d'une simple inspiration. Ainsi, un humain inhale environ 0,5 l par inspiration. Donc lorsque l'humanité inspirerait sa toute première bouffée, elle inhalerait environ... 4,1 milliards de litres de fumée ! Avec ce volume, il serait possible de remplir près de 44 000 semi-remorques, ces gros camions pouvant contenir jusqu'à 94 000 l.

UNE CIGARETTE QUI FAIT LE TOUR DE LA TERRE

À propos de chiffre élevé, imaginons à présent que, plutôt que de « gâcher » toute une cigarette pour une simple bouffée, une seule et même cigarette géante soit fabriquée pour contenir exactement le volume de tabac nécessaire. Sachant qu'une cigarette mesure en moyenne 6 cm et qu'elle se fume en une quinzaine de bouffées, il apparaît qu'une bouffée consume environ 4 mm. En multipliant ce chiffre par le nombre d'habitants, nous obtenons une cigarette longue de… 32 800 km ! C'est-à-dire plus de deux fois la distance France-Australie et pas loin de la circonférence de la Terre, qui s'élève à 40 000 km. Quant à son poids, il serait d'un peu plus de 7 000 t, soit celui d'un bon ferry. Pour la petite histoire, en appliquant ce mode de calcul à un fumeur moyen qui consommerait cinq cigarettes par jour pendant 40 ans, cela donne déjà une cigarette d'un beau gabarit de 4,5 km.

UN TRONÇON D'AUTOROUTE AVALÉ

Plus choquant encore : en sachant que chaque cigarette classique contient environ 10 mg de goudron, il y aurait dans notre cigarette géante une quantité de goudron égale à… 5 t ! C'est-à-dire l'équivalent d'un bon tronçon d'autoroute dans nos poumons… Pour ce qui est de son coût, c'est plus compliqué à calculer, car celui-ci varie très fortement d'un pays à l'autre en fonction des politiques publiques relatives au tabac. En Irlande, par exemple, un paquet peut coûter jusqu'à 17 euros, en France 13 euros, alors que le prix peut descendre jusqu'à 4 euros en Bulgarie. Mais admettons que notre cigarette géante soit de fabrication française, elle coûterait très exactement… 340 166 666 euros. Tiens, ça fait beaucoup de 6… De quoi rebaptiser notre fière invention « la cigarette du diable » ?

260 MILLIONS D'EUROS POUR L'ÉTAT…

Quoi qu'il en soit, bonne nouvelle, cela permettrait de renflouer les caisses de l'État. Car, vous le savez sans doute, lorsque vous achetez un paquet de cigarettes, les taxes représentent 80 % de son prix de vente ! Ainsi, notre clope géante enrichirait le Trésor public de… 260 millions d'euros. Et encore, cette somme ne constitue pas grand-chose en comparaison de ce que rapportent tous les fumeurs de France dans notre réalité. Ces quelque 12 millions de personnes, qui ne fument bien sûr pas qu'une seule cigarette par jour, permettent aux recettes fiscales du tabac en France de grimper à… 16 milliards d'euros. C'est une partie non négligeable du budget de l'État, qui s'élevait en 2024 à plus de 250 milliards d'euros.

… MAIS DES DÉPENSES MÉDICALES ENCORE PLUS ÉLEVÉES ?

Pour autant, il ne faut pas oublier de mettre ce moment en perspective, en rappelant que la cigarette pourrait bien coûter à la Sécurité sociale plus qu'elle ne rapporte au fisc. En 2015, il était en effet estimé que les soins des maladies liées au tabac, à l'instar du cancer du poumon ou des maladies cardio-vasculaires, ont coûté 26 milliards d'euros, pour cette seule année… Alors, à bien y réfléchir, est-il si judicieux que cela de fumer la vie… avant que la vie nous fume ?

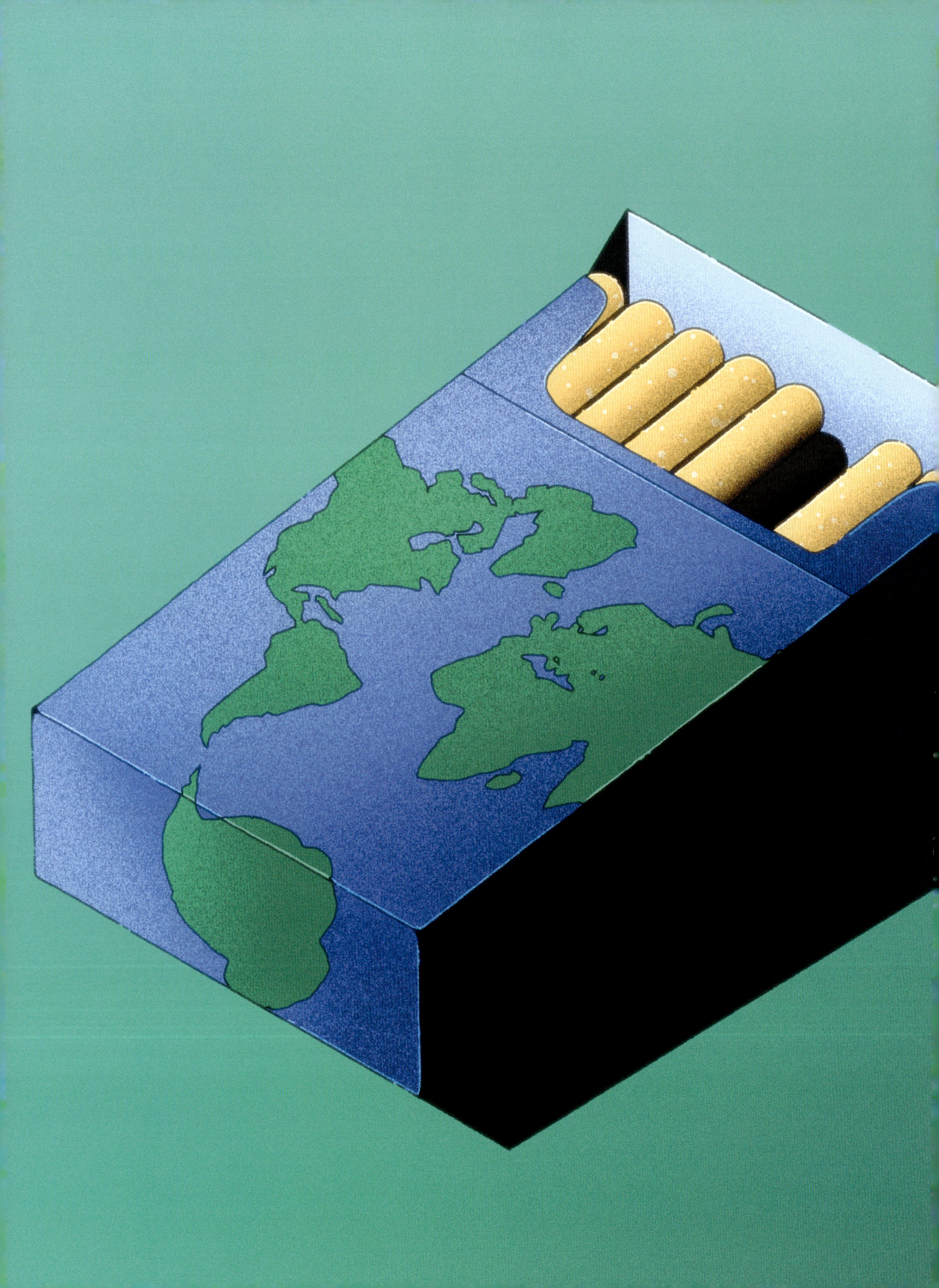

« Imaginons que 8,2 milliards d'humains tirent une bouffée en même temps... »

Et si
IL PLEUVAIT PENDANT 1 AN ?

Entre 1860 et 1861, la ville indienne de Cherrapunji a subi les plus importantes précipitations jamais enregistrées, avec 26 470 mm d'eau. C'est-à-dire 26,4 m, soit la hauteur d'un immeuble de six étages ! Et encore, il n'avait pas plu tous les jours. Mais s'il pleuvait de façon ininterrompue pendant toute une année, qu'adviendrait-il ?

Avant d'entrer dans le vif du sujet, essayons d'imaginer quelle quantité d'eau représenterait 1 année de pluie. En partant du principe qu'il s'agit d'une pluie moyenne, il tomberait environ 6 mm par heure, soit 52 560 mm par an, deux fois plus que le record observé en Inde au XIXe siècle. Cela reviendrait à 26 809 384 km^3, c'est-à-dire l'équivalent de toute l'eau qui se trouve actuellement dans les calottes glaciaires.

IMPACT SUR LA NATURE

À présent, éclaircissons la question qui vous taraude peut-être : le niveau de la mer va-t-il baisser ? Eh bien, non ! Certes, l'eau de pluie provient de l'eau des océans qui s'évapore et est captée par les nuages. Une année entière de pluie, c'est donc quelques mètres de moins dans la mer, mais l'eau finit par retourner d'où elle vient : il y a toujours la même quantité d'eau sur Terre, soit environ 1,386 milliard de kilomètres cubes.

En revanche, le bouleversement sur l'environnement serait majeur. Beaucoup de plantes pourriraient, noyées par l'accumulation d'eau qui les empêcherait d'absorber l'oxygène et les nutriments dont elles ont besoin. La plupart des récoltes de l'année seraient probablement ruinées. Il y aurait donc beaucoup de pénuries alimentaires, le temps de mettre les cultures à l'abri, dans des serres protégées.

Mais il n'y a pas que ce qui pousse au sol qui serait en grand danger. Une partie des espèces animales ne serait tout simplement pas adaptée à la survie dans un milieu très humide. Sans certaines plantes et certains arbres, l'habitat naturel de nombre d'animaux se trouverait transformé. Or, dès qu'on touche à l'habitat d'une espèce, sa survie n'est malheureusement plus garantie.

IMPACT SUR LES ZONES URBAINES

La ville pourrait sembler mieux lotie que la campagne, mais ce ne serait pas forcément le cas. Dans les zones urbaines positionnées près des montagnes ou des collines, les éboulements et les glissements de terrain se multiplieraient. Fragilisés par l'eau et l'érosion, les sols deviendraient particulièrement instables, avec comme conséquence des villages entiers ravagés par d'immenses coulées de boue et de roches.

Quant aux villes situées le long d'un fleuve ou d'un lac, elles risqueraient de connaître de très nombreuses crues. Avec des conséquences tristement connues : noyades, inondation des logements, évacuation et relocalisation des sinistrés… En Inde, 144 personnes ont perdu la vie en 2019 à cause des fortes pluies de la mousson, et des centaines de milliers d'autres ont dû être évacuées. Lors d'une année entière de précipitations continues, ce seraient des millions de personnes qui devraient probablement être relogées. Vertigineux.

IMPACT SUR LA VIE QUOTIDIENNE

À cause de cette pluie interminable et ininterrompue, peu de gens sortiraient de chez eux et personne ne verrait le soleil, caché par les nuages. Un vrai manque, car l'exposition au soleil nous permet de synthétiser la vitamine D, qui joue un rôle dans le bon fonctionnement de notre organisme et contribue au bien-être psychologique. Beaucoup de personnes se sentiraient donc plus faibles et auraient le moral dans les chaussettes.

Dans la vie quotidienne, il faudrait toujours prévoir un vêtement chaud et un parapluie... Pas très pratique ! Au niveau des transports, la pluie compliquerait fort les choses. Avec des routes constamment mouillées ou inondées, les accidents de voiture connaîtraient une hausse spectaculaire. Et ce serait encore pire l'hiver, quand l'eau gèle et forme d'immenses plaques de verglas. De plus, certaines régions mal desservies par les transports en commun se retrouveraient littéralement coupées du monde.

En outre, les inondations ou les éboulements risqueraient de faire sauter des installations électriques, provoquant de nombreuses pannes de courant un peu partout. Cela ralentirait considérablement les métros et les trams. Quant au trafic aérien, dans un ciel aussi chargé, il devrait largement diminuer. Une conséquence parmi d'autres : les chefs d'entreprises pourraient décider de n'embaucher que des personnes vivant à proximité de leur lieu de travail.

Autre nouvelle peu réjouissante : avec davantage d'humidité viennent aussi plus de moustiques. Oublions ici le dérangement nocturne lié à leur zonzonnement, nous parlons de dangers bien plus grands. Savez-vous que le moustique est l'animal le plus meurtrier du monde, largement devant les requins ou les serpents ? Il y aurait ainsi sans doute une hausse des maladies qu'il transmet, comme le paludisme ou le chikungunya.

UNE ANNÉE PARTICULIÈRE

Vous l'aurez compris, ce ne serait pas une année facile ! Notre système moderne n'est clairement pas adapté pour gérer d'aussi importantes quantités de pluie et, comme souvent, lorsque la nature décide de se déchaîner, nous resterions impuissants face à elle.

« À cause de cette pluie interminable, peu de gens sortiraient de chez eux. »

Et si
ON PLANTAIT 1 000 MILLIARDS D'ARBRES ?

Avec leur capacité à absorber le CO_2, les arbres constituent une solution crédible au réchauffement climatique, provoqué en grande partie par le gaz carbonique. Selon une étude suisse de 2019, planter 1 000 milliards d'arbres sur Terre permettrait d'absorber le dioxyde de carbone relâché dans l'atmosphère ces 25 dernières années. Mais une telle opération est-elle seulement envisageable et, surtout, que se passerait-il si l'on plantait réellement 1 000 milliards d'arbres ?

LES ÉTATS-UNIS RECOUVERTS D'UNE FORÊT

Première question : où trouver la place pour planter tous ces arbres ? À raison de 9 m^2 par arbre, il faudrait environ 9 millions de kilomètres carrés, soit à peu près la superficie des États-Unis. On pourrait donc imaginer en planter une partie sur le territoire américain et d'autres sur celui de la Fédération de Russie, du Canada et de l'Australie, qui comptent parmi les pays les moins densément peuplés au monde.

UNE SOMME VERTIGINEUSE

Sachant qu'il faut compter environ 0,3 dollar par plantation d'arbre, il faudrait débourser 300 milliards de dollars pour financer l'opération. Une somme qui paraît vertigineuse mais qui, en réalité, ne l'est pas tant que ça : avec sa fortune estimée à plus de 200 milliards de dollars, Jeff Bezos, le patron d'Amazon, pourrait en financer les deux tiers. C'est aussi la solution la moins chère pour dépolluer l'air de notre planète, et celle plébiscitée par… les géants du pétrole. Total, Shell et autre Eni ont en effet investi massivement dans la reforestation, ce qui ne les empêche pas de continuer à polluer en parallèle…

UN MODÈLE AGRICOLE REPENSÉ

Bien évidemment, tous ces espaces verts seraient formellement interdits à l'agriculture. Car transformer une forêt en champ implique un déboisage et donc une libération de tout le dioxyde de carbone stocké dans les arbres. Par ailleurs, pour que tout cela ait du sens, il faudrait diminuer nos émissions de gaz carbonique, à l'inverse de ce que font les compagnies pétrolières. Responsable de 80 % de la déforestation mondiale, le secteur agricole devrait donc réfléchir à des méthodes plus respectueuses de l'environnement. Nos habitudes aussi seraient à modifier, notamment en baissant notre consommation de viande pour récupérer les espaces réservés au bétail afin de cultiver des aliments plus essentiels à l'humain, et moins polluants *in fine*. Avec ce recul de l'agriculture conjugué à la hausse de la population mondiale, d'aucuns craindront une famine généralisée… à tort. Avec 41,2 t de nourriture gaspillées chaque seconde, soit un tiers de la production totale dans le monde en 2017, la marge reste importante.

« Il faudrait environ 9 millions de kilomètres carrés pour planter 1000 milliards d'arbres. »

UN BOULEVERSEMENT DU STYLE DE VIE

Parlons maintenant des points négatifs : dans toutes les contrées où ces milliards d'arbres seraient plantés, de nombreuses villes et surtout de nombreux villages se retrouveraient sérieusement chamboulés. Paysages, températures, façon de se déplacer… Vivre dans une toundra ou dans une forêt, c'est bien différent de vivre dans une plaine ! D'autant que la plantation massive d'arbres peut également entraîner un assèchement considérable des sols. Des expériences scientifiques déjà menées ont démontré qu'une reforestation importante et mal étudiée pouvait conduire à un appauvrissement et à un assèchement des sols, à une augmentation notoire de la salinité ou encore à une modification brutale et négative de certains écosystèmes. Choisir l'endroit approprié est donc primordial pour une reforestation couronnée de succès.

RESPECTER L'ACCORD DE PARIS

Planter 1000 milliards d'arbres est donc théoriquement faisable et reviendrait à effectuer un pas de géant dans la lutte contre le réchauffement climatique. Cela permettrait par exemple de respecter l'accord de Paris sur le climat, dont l'objectif principal est de maintenir la hausse des températures en dessous de 2 °C. Ce serait une victoire d'autant plus importante que Donald Trump a acté, début 2025, le retrait des États-Unis, deuxième pays le plus pollueur de la planète, de ce traité.

Mais, restons réalistes, il ne s'agit pas pour autant d'une solution miracle. Comme évoqué précédemment, le projet ne pourrait fonctionner que si nous réduisions dans le même temps nos émissions de gaz à effet de serre, et que le choix des endroits où ces arbres seraient plantés était judicieux. Il faudrait s'assurer du bon respect des écosystèmes existants et des populations humaines qui vivent dans ces régions.

ET SI… IL ÉTAIT DÉJÀ TROP TARD ?

Pour que cette hypothèse devienne réalité, encore faudrait-il que les gouvernements passent vraiment à l'action pour sauver le climat – car plus on se rapproche du précipice, plus on risque d'y tomber. La question n'est donc pas de savoir si ce scénario est crédible, mais plutôt : lorsqu'on passera aux choses sérieuses, ne sera-t-il pas déjà trop tard ?

« Ce serait la solution la moins chère pour dépolluer l'air de notre planète. »

Et si

LA PESTE NOIRE REVENAIT ?

Il existe un cas de figure où cette diabolique bactérie, qui a décimé la moitié de la population européenne au Moyen Âge, pourrait sévir à nouveau aujourd'hui : le développement d'une résistance aux antibiotiques. Le cas échéant, que se passerait-il ? Serions-nous une fois encore face à une immense catastrophe sanitaire ?

UN FLÉAU TOUJOURS D'ACTUALITÉ

Avant d'entrer dans le vif du sujet, il faut savoir que la peste noire n'a jamais totalement disparu de la surface de la Terre. Si elle ne provoque plus d'épidémies comme celle qui a tué 25 millions de personnes en 5 ans au milieu du XIVe siècle, elle continue néanmoins à faire des victimes : environ 2 000 personnes y succombent chaque année, essentiellement en Afrique et en Asie. Et selon la revue *The American Journal of Tropical Medicine and Hygiene*, près de 22 000 cas de peste auraient été recensés dans les années 2000.

DES BACTÉRIES RÉSISTANTES

Pour que la bactérie revienne en force, il « suffirait » donc qu'elle développe une résistance aux antibiotiques, ces médicaments qui nous protègent de toutes les infections bactériennes, comme la syphilis ou la tuberculose. Certaines bactéries finissent en effet par s'adapter aux antibiotiques. La peste deviendrait alors une maladie incurable et pourrait se répandre rapidement à travers les puces ou les rats, avant de s'attaquer aux humains.

INFECTION GÉNÉRALISÉE ET FATALE

Si vous faites partie des malheureux infectés, apprêtez-vous à passer un sale quart d'heure. Vous commenceriez par ressentir une forte fièvre, qui finirait par vous laisser dans un état de stupeur, les yeux hagards, l'air absent. Bien vite, vous seriez incapable de bouger ou de parler, votre corps concentrant toutes ses

« Il suffirait que la bactérie développe une résistance aux antibiotiques, ces médicaments si répandus dans le monde. »

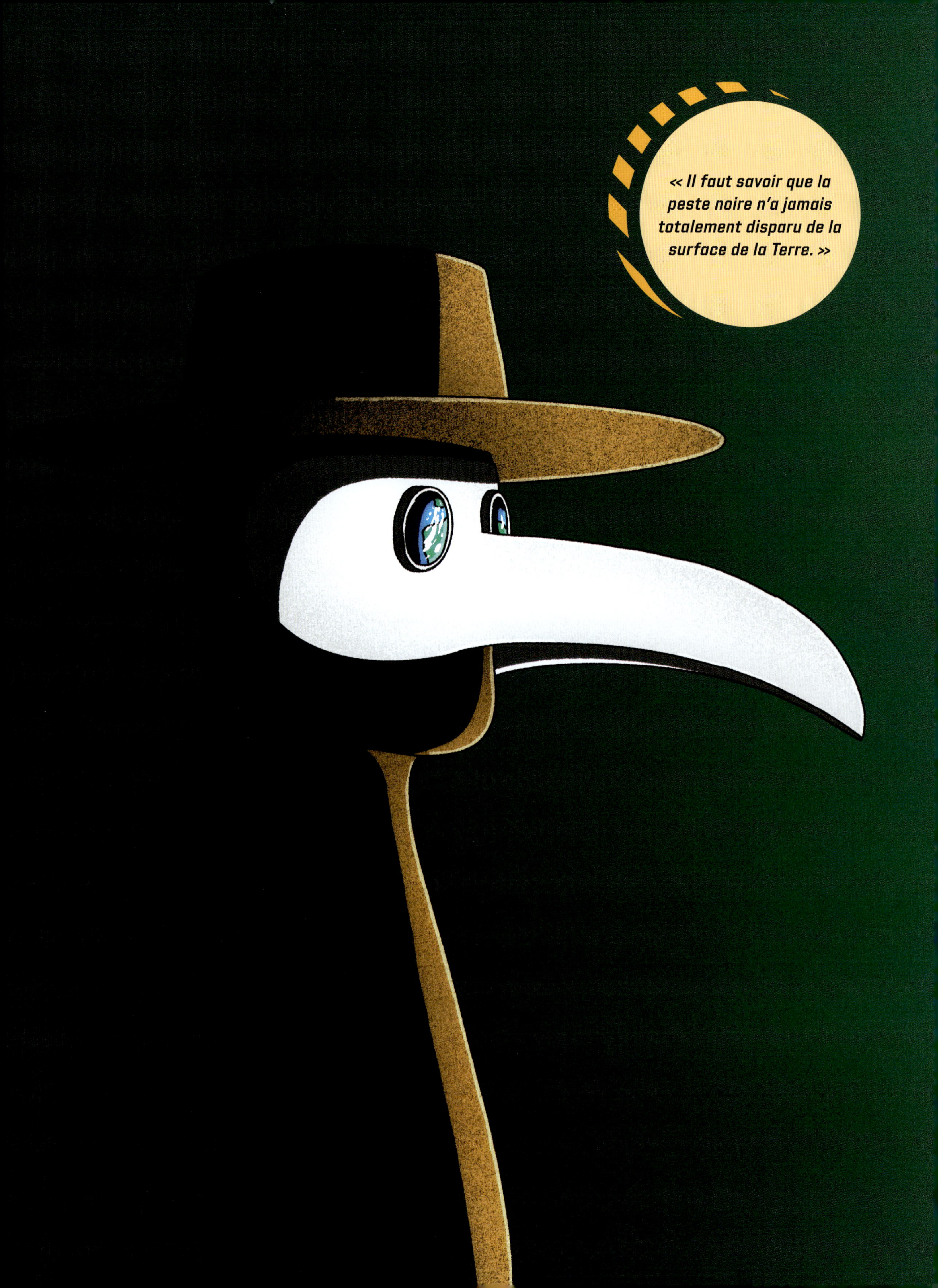
« Il faut savoir que la peste noire n'a jamais totalement disparu de la surface de la Terre. »

forces sur sa tentative de repousser l'infection. Au bout de quelques jours, celle-ci pourrait se généraliser à tout votre système sanguin, entraînant une septicémie, voire, comme dans de nombreux cas... la mort. Et tout ça à cause d'une piqûre de puce... Dire qu'il y en a encore pour affirmer que la petite bête ne va pas manger la grosse !

NOUVEAU CONFINEMENT

Pas de panique toutefois : si la peste noire faisait son grand retour en Europe, nous serions bien mieux préparés qu'au XIVe siècle, lorsque les médecins utilisaient des herbes aromatiques et des saignées pour soigner leurs patients... La première mesure prise par les autorités serait certainement de limiter les déplacements de population pour empêcher une propagation vers d'autres régions du monde. Dans les zones infectées, les gares fermeraient, plus aucun avion ne décollerait des aéroports et les péages d'autoroute seraient bloqués jusqu'à ce que la pandémie soit contrôlée. Ça vous rappelle quelque chose ?

Pour éviter une infection en masse, les gouvernements mettraient en place de gigantesques campagnes de dératisation et de désinsectisation. Tous les habitants devraient se tenir le plus loin possible des bêtes à risque et signaler leur présence. Autrement dit, pour que vos voisins ne règlent pas son compte à votre hamster, vous auriez tout intérêt à le garder soigneusement chez vous ! Quoi qu'il en soit, cette situation coûterait sans doute la vie à des dizaines de milliers d'animaux.

IMMENSES ZONES À ACCÈS RÉSERVÉ

Sans antibiotiques, il ne resterait plus aux personnes infectées qu'à prier pour espérer que leur organisme gagne la bataille... Elles seraient probablement toutes mises en quarantaine, isolées dans des centres hospitaliers : faute de pouvoir guérir les malades, les États chercheraient à tout prix à assainir l'environnement pour tenter de contenir l'épidémie. Mais la maladie se répandant à grande vitesse, ces hôpitaux spéciaux se trouveraient rapidement encombrés et le personnel médical serait mis en danger. Devant l'ampleur des dégâts, les centres se délocaliseraient peu à peu à l'extérieur des villes et d'immenses zones à accès réservé verraient le jour dans les campagnes et les banlieues. Même si, en définitive, nous serions certainement capables de contenir la pandémie, nous ferions inévitablement face à des milliers de morts.

MOLLO SUR LES ANTIBIOS

En vérité, il est très peu probable que vous ayez à revivre une épidémie de l'ampleur de celles du Moyen Âge. Toutefois, d'autres maladies comme les pneumonies ou les infections urinaires pourraient bien devenir mortelles si nous continuons à avoir recours aux antibiotiques comme nous le faisons. Les Français sont en effet parmi les plus gros consommateurs d'antibiotiques d'Europe. Et les infections devenues résistantes aux antibiotiques tuent déjà 700 000 personnes par an dans le monde... Selon les estimations, si nous ne devenons pas plus responsables dans notre consommation, ce nombre pourrait augmenter jusqu'à 10 millions en 2050 ! Vous l'avez compris, ne prenez des antibiotiques que lorsqu'ils vous sont prescrits par un médecin, et n'insistez pas pour qu'il vous en donne. Enfin, n'oubliez pas de suivre votre traitement jusqu'au bout, même lorsque vous vous sentez mieux.

Et si
ON MOURAIT TOUS À 30 ANS ?

Si, en France, l'espérance de vie se situe à plus de 82 ans, ce n'est pas le cas dans tous les pays. Ainsi, en Sierra Leone, elle atteint péniblement les 50 ans. Mais allons plus loin en imaginant un monde où la durée de vie maximale serait de seulement… 30 ans. Comment l'humanité s'adapterait-elle à cette nouvelle durée d'existence ?

LA MOITIÉ DE LA POPULATION MONDIALE DÉCIMÉE

Commençons par poser les bases. C'est acté, aucun être humain ne pourrait vivre au-delà de 30 ans. Cela ne signifie pas pour autant que notre état de santé se dégraderait plus vite : à 29 ans et demi, nous serions encore en parfaite santé. En revanche, passé la trentaine, la mort pourrait survenir à chaque instant. Au moment où cette « malédiction » se mettrait en place, cela impliquerait aussi que tous les plus de 30 ans mourraient subitement ! Étant donné que l'âge médian de la population mondiale est exactement de 30 ans, cela signifierait que celle-ci diminuerait… de moitié ! Un peu plus de 4 milliards de personnes passeraient donc d'un seul coup de vie à trépas. Les conséquences d'une telle hécatombe seraient évidemment désastreuses, mais laissons pour une fois de côté la crise et l'effondrement du monde pour nous concentrer sur le moment où l'humanité se relèverait de ses blessures et apprendrait à faire face à cette nouvelle donne.

DES DIRIGEANTS PLUS ALTRUISTES

Globalement, les régimes totalitaires seraient moins nombreux. Car le principe même d'une dictature est d'asseoir un pouvoir autour d'une personne, qui le détient aussi longtemps que possible. Par exemple, le défunt dictateur congolais Mobutu Sese Seko est resté à la tête du Zaïre pas moins de 32 ans. Avec une durée de vie si courte, cette perspective perdrait une bonne partie de son sens. Rêvons un peu, les dirigeants politiques du monde entier pourraient se désintéresser de leurs propres intérêts pour ne plus servir que ceux de leur peuple… En France, pour espérer aller au bout de leur mandat, les candidats à la présidentielle n'auraient d'ailleurs jamais plus de 25 ans, un âge empreint d'idéaux souvent davantage tournés vers les autres. D'autres hommes et femmes, saisis d'une flamme d'altruisme vers la fin de leur vie, se lanceraient à corps perdu dans la politique pour des motifs nobles.

EXPLOSION DES ORPHELINATS

D'un point de vue financier, l'épargne diminuerait considérablement et les cotisations pour les retraites disparaîtraient complètement. Il en serait de même pour tous les métiers liés aux personnes âgées. En revanche, il faudrait désormais cotiser pour… les enfants. En effet, la plupart d'entre eux verraient leurs parents mourir alors qu'ils sont encore très jeunes et dépendants. Dans le meilleur des cas, si leurs parents les ont eus à 18 ans, ils n'auraient que 12 ans au moment de leur décès. Ainsi, de grands orphelinats publics seraient construits pour les loger et les éduquer.

En ce qui concerne l'économie mondiale, les choses seraient elles aussi bien différentes : les pays du Nord comme le Japon, la Norvège ou même la France, plus riches mais avec une population où les plus de 30 ans sont surreprésentés, pourraient être rattrapés par des pays plus pauvres mais dont les populations sont bien plus jeunes.

REFONTE DES MÉTIERS MÉDICAUX

Les secteurs les plus en vogue seraient ceux ayant recours à une main-d'œuvre jeune, comme le bâtiment, la manutention ou la restauration rapide. À l'inverse, les métiers qui exigent de longues études, comme ceux de la médecine, auraient bien du mal à subsister. Toutefois, il est probable que les professions médicales subissent une véritable refonte : d'une part, il serait absurde de faire 10 ans d'études pour devenir chirurgien et de n'exercer que si peu ensuite, et d'autre part de nombreuses spécialités deviendraient inutiles, puisqu'une grande partie des problèmes de santé interviennent à un âge avancé. Quant à la recherche, qu'elle soit médicale, sociale ou encore spatiale, elle serait probablement fragilisée : les chercheurs ne vivraient pas assez longtemps pour voir aboutir leur travail.

UNE SCOLARITÉ BIEN PLUS COURTE

Le système scolaire serait lui aussi totalement repensé : si vous avez votre bac à 18 ans et faites 2 ans d'études, vous aurez passé les deux tiers de votre vie à étudier… Pour éviter une telle situation, la scolarité se terminerait vers 12 ou 13 ans, âge à partir duquel il deviendrait possible et légal de… travailler. En prévision, l'orientation se ferait très tôt; les matières seraient revues pour y intégrer une sensibilisation à la vie active et à l'insertion dans le monde de l'emploi, et le programme scolaire comprendrait des cours de rédaction de lettre de motivation ou de CV.

Mais dans ce monde à la vie condensée, l'idée même d'avoir des enfants pourrait prendre un sacré coup : avec la perspective de ne pas voir sa progéniture grandir, certains choisiraient sans doute de se concentrer sur eux-mêmes. D'ailleurs, de manière globale, les gens vivraient certainement leur vie de façon plus intense, avec davantage de projets mais aussi une plus grande insouciance, impliquant de franchir des limites comme la surconsommation d'alcool ou de drogue.

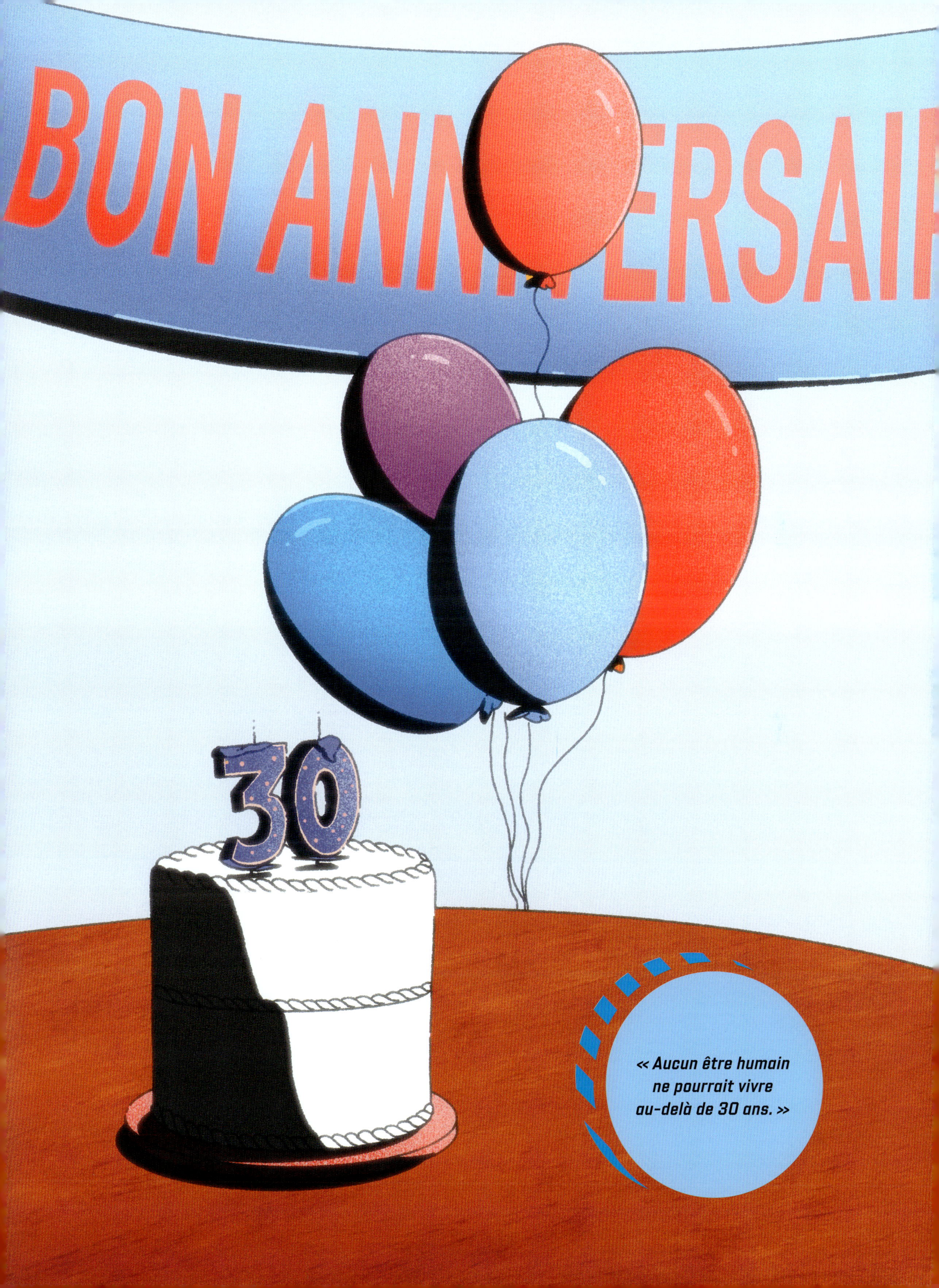

« Aucun être humain ne pourrait vivre au-delà de 30 ans. »

« Avant d'entrer en contact, les deux galaxies spirale vont se tourner autour, à la façon de deux boxeurs. »

Et si

LA GALAXIE D'ANDROMÈDE PERCUTAIT LA VOIE LACTÉE ?

Selon les scientifiques, notre chère Voie lactée devrait entrer en collision avec la galaxie d'Andromède d'ici 4milliards d'années. Projetons-nous donc au moment de la rencontre entre ces deux grosses bestioles et observons... Que va-t-il se passer ? Quelles seront les conséquences pour la Terre ?

IDENTIFICATION DE L'ENNEMI

À l'échelle de l'univers, Andromède est une novice : elle a seulement 3 milliards d'années. Elle est même plus jeune que notre planète bleue, née il y a 4,5 milliards d'années. Et, en comparaison de la Voie lactée, c'est presque un bébé, puisque cette dernière a 13,5 milliards d'années. En revanche, là où elle brille plus que nous, c'est au niveau du nombre d'étoiles : elle en possède environ 1000 milliards, alors que notre galaxie n'en compte que près de 200 millions. Pourtant, si cette structure cosmique semble bien plus lumineuse que la Voie lactée, elle a un diamètre presque identique et se déplace vers nous à 402000 km/h. Assez pour nous détruire lors de l'impact ? Que nenni ! Même si Andromède a une masse plus élevée que notre galaxie, elle ne va pas nous engloutir, ce qui constituerait du « cannibalisme galactique ». Elle va simplement nous foncer dessus de manière frontale.

ÉTAPES DE LA FUSION

Cette collision ne sera pas une première pour elle, qui est le fruit d'une fusion entre deux galaxies naines. Mais avant cela, en se rapprochant, Andromède, qui constitue déjà l'objet spatial le plus lointain visible à l'œil nu depuis l'hémisphère nord, deviendra l'objet le plus lumineux du ciel. Elle apportera donc encore plus de clarté et fera de la concurrence à... la Lune !

Avant d'entrer en contact, les deux galaxies spirale vont se tourner autour, à la façon de deux boxeurs. Au moment où elles seront assez proches, elles vont se rentrer dedans une première fois, avant de s'éloigner par la suite en raison de leur inertie. Enfin, avec la force gravitationnelle, les galaxies s'attireront mutuellement une seconde fois, pour finir par fusionner. Un peu comme une danse longue de plusieurs millions d'années !

UN NOUVEAU VENU DANS L'UNIVERS

La galaxie qui se sera dégagée de cette fusion portera un nouveau nom, Lactomède. Mignon, n'est-ce pas ? Forcément, cette nouvelle configuration apportera son lot de changements. Déjà, rassurez-vous, notre planète devrait s'en sortir : selon l'astronome français François Hammer, il y a jusqu'à 80 % de chances que notre système et notre planète se retrouvent bien dans cette nouvelle galaxie, sans s'en faire éjecter. De fait, les galaxies sont certes composées d'étoiles, de planètes et de gaz, mais aussi et surtout de... vide. Au vu de la disposition très éloignée des objets entre eux dans les deux galaxies, le scénario d'un système solaire échappant à toute collision est donc le plus probable. Par ailleurs, notez que cette nouvelle galaxie ne sera plus spirale, mais elliptique. Elle ressemblera à un amas informe d'étoiles éparpillées de partout.

PASSIONNANTES OBSERVATIONS TÉLESCOPIQUES

Au fur et à mesure du rapprochement d'Andromède, de plus en plus d'étoiles de cette mystérieuse galaxie pourront être observées. Les astronomes distingueront plus nettement la forme de notre voisine, passant d'un petit ovale en spirale à une forme elliptique très lumineuse. À la fin de la fusion, si seulement l'humanité survivait jusque-là pour le voir, il serait possible de remarquer une traînée blanche dans le ciel, preuve de la nouvelle forme de Lactomède. Et là, autant dire qu'au niveau des observations télescopiques, nous serions servis, puisque nous aurions accès à de nouvelles étoiles jadis invisibles, cachées à l'intérieur d'Andromède.

LUMIÈRE DÉCLINANTE

Cette fusion engendrera tout de même un problème, et pas des moindres : la perte de gaz. La formation de Lactomède aura en effet provoqué des projections de grandes quantités de gaz en dehors de la zone de ce combat galactique. Or, sans gaz, la formation de nouvelles étoiles se complique... Eh oui, les galaxies créent des étoiles à partir de poussières et de nuages de... gaz. Et cela risque de tourner au cercle vicieux puisque, à chaque mort d'étoile, la galaxie verra aussi un peu de son gaz disparaître. Lorsqu'il n'y aura plus du tout d'étoiles et que les nouvelles seront mortes, Lactomède ne produira donc tout simplement plus de lumière.

LA TERRE DISPARAÎTRA AVANT LACTOMÈDE

Il s'agit d'un phénomène auquel nous risquons toutefois de ne pas assister. D'ici 5 milliards d'années, c'est-à-dire bien avant la mort de Lactomède, le Soleil entamera sa propre mort et celle-ci sonnera le glas pour notre bonne vieille Terre, qui terminera cuite ou avalée. Et avant cela, dans 2 milliards d'années environ, la vie sur la planète bleue aura certainement déjà disparu, incapable de résister au réchauffement progressif du Soleil... À moins que nous autres humains ayons dans l'intervalle réussi à quitter le berceau de l'humanité pour explorer d'autres contrées ? Il faudra pour cela aller loin, au-delà de cette immense galaxie, pour atteindre, peut-être, une autre galaxie lointaine, très lointaine...

« Une danse longue de plusieurs millions d'années ! »

Et si
TOUT ÉTAIT LÉGAL PENDANT 1 SEMAINE ?

Que se passerait-il si les autorités annonçaient que, pendant 1 semaine entière, toutes les activités illégales, des petits délits aux crimes les plus atroces, seraient rigoureusement permises ? Assisterions-nous à une véritable apocalypse ou bien sommes-nous trop conditionnés à suivre les règles pour observer un vrai changement ? Plongeons dans votre quotidien le temps de 7 jours sans foi ni loi.

UNE IDÉE QUI DATE

Abolir toute notion de justice d'État pendant 1 semaine, voilà une décision bien saugrenue. Et pourtant, l'idée ne nous est pas totalement étrangère. Au Moyen Âge, le carnaval servait notamment à offrir au peuple un moment où il pouvait s'exprimer sans contrainte et laisser libre cours à ses plus bas instincts. Une façon d'évacuer les émotions négatives, de se moquer de la royauté et de remplacer le pouvoir en place, en élisant par exemple un roi du carnaval. Un concept pas si éloigné de celui du film *American Nightmare*, dans lequel est mise en scène « la Purge », un délai de 12 heures lors duquel tout est permis, y compris le meurtre, afin de mieux contrôler les populations et de faire diminuer la criminalité le reste du temps.

DÉBUTS EN DOUCEUR

Passé la surprise et le questionnement sur les motivations douteuses du gouvernement, vous commencez néanmoins à vous demander ce que vous allez faire. En premier lieu, vous décidez de ne pas aller au travail, prétextant une maladie. Et puis, tant qu'à faire, pourquoi ne pas aller faire le plein de courses… gratuitement ? Peut-être pas, après tout, car si certains n'hésitent pas à voler, d'autres restent prudents, un peu abasourdis par la nouvelle.

Au deuxième jour, il flotte déjà dans l'air une atmosphère particulière : en allumant votre télévision, vous entendez parler de premiers pillages ou braquages. Et là, l'idée vous vient : et si, vous aussi, vous en profitiez ?

HAUSSE DES DÉLITS ET CRIMES

Dans les jours qui suivent, les délits augmentent : arnaques en ligne, dans les casinos ou chez les commerçants, vols… À tout moment, vous risquez de vous faire pigeonner. Mais bientôt, cela devient plus grave, tandis qu'apparaît une hausse des agressions verbales, physiques et sexuelles. Vous entendez même parler de règlements de comptes et de violence ayant eu lieu dans votre quartier. Très vite, ce ne sont plus des magasins, mais des banques qui sont visées par des braquages. Sauf que la donne a changé : le personnel bancaire est, lui aussi, autorisé à recourir à tous les moyens pour assurer sa sécurité. Ainsi, des fusillades éclatent et terminent en véritables tueries. D'autres entreprises cherchent, elles aussi, à profiter de l'absence de lois. Le Code du travail n'a plus aucune valeur ! Eh oui, la loi ne sert pas seulement à vous empêcher de faire des bêtises, elle sert également à vous protéger.

RÉACTIONS DIVERSES

À l'approche de la fin de semaine, vous remarquez que plusieurs profils bien distincts se sont détachés : d'un côté les « déchaînés », ceux qui oublient vite tout sens moral et se livrent aux pillages, aux agressions, voire aux meurtres ; de l'autre les « craintifs », ceux qui se cachent, font des réserves et attendent que ça passe. Et, entre ces deux extrêmes, une troisième catégorie de personnes : les « malins », ceux qui cherchent à profiter de la situation tout en œuvrant pour le bien commun et sans risquer de représailles. Dans une vidéo de la chaîne YouTube The Film Theorists consacrée au film *American Nightmare*, l'auteur explique qu'une manière intelligente de passer cette nuit sans lois serait de revendre les organes trouvés sur les cadavres dans les rues et ainsi de faire coup double : sauver des vies et gagner de l'argent.

Lorsque cette sombre semaine s'achèverait enfin, le bilan serait lourd : des pertes matérielles et humaines irréparables, et surtout des coupables laissés en liberté. Et encore, cela aurait pu être pire, car en 7 jours, il y aurait largement eu de quoi élaborer un attentat, ou un coup d'État qui aurait remis totalement en cause l'équilibre du pays.

UNE NOTION DE JUSTICE À MÉDITER

Quoi qu'il en soit, de manière générale, tout le monde deviendrait extrêmement méfiant : sans la loi, la seule garantie que nous avons vis-à-vis du comportement d'autrui, c'est la morale de chacun. Le but de la justice est d'ailleurs de nous prémunir de ces interprétations personnelles : elle permet d'établir un consensus autour de certaines valeurs. Dans un système démocratique, les citoyens sont censés choisir ces valeurs, se sentir représentés par elles, et accepter de les appliquer. En fait, c'est précisément comme cela qu'on forme une société. Du moins, c'est à peu près ce que nous dit Rousseau, dans son *Contrat social*.

Et vous, feriez-vous partie de ceux qui se défouleraient contre la société ou bien vous terreriez-vous à la maison ? Agiriez-vous selon un code moral personnel, différent de celui que nous impose la justice ? Dans tous les cas, cela lancerait un débat sur la pertinence de nos lois, et sur ce qui nous pousse à les respecter : notre bonne conscience ou la simple peur de se retrouver face aux tribunaux ?

« Assisterions-nous à une véritable apocalypse ? »

Et si TOUT L'AIR DE LA PLANÈTE DISPARAISSAIT PENDANT 30 SECONDES ?

Imaginons que des extraterrestres décident de passer tout notre air dans leur purificateur géant pour nous offrir une Terre sans air, sans atmosphère, une opération qui prend 30 secondes chrono. Certes, c'est un peu loufoque, mais que se produirait-il si ce scénario absurde se réalisait réellement ?

DISPARITION DES COULEURS

Quand l'air disparaîtra, la première chose que vous remarquerez sera, logiquement, l'absence d'air : vous ne pourrez tout simplement plus respirer. En regardant aux alentours pour trouver de l'aide, vous vous apercevrez ensuite que la luminosité a baissé. En levant la tête vers le ciel, vous constaterez avec stupeur qu'il n'a plus aucune couleur. La raison ? L'atmosphère de notre planète forme autour d'elle une sorte de pellicule, qui agit comme un filtre avec les rayons du Soleil, et qui donne la lumière bleue du ciel à midi et rougeâtre en début ou en fin de journée. Le Soleil ne sera d'ailleurs plus qu'une boule de lumière d'un blanc pur.

DES UV EXTRÊMEMENT NOCIFS

Pendant cette demi-minute, notre astre sera particulièrement nocif car, sans air, il n'y aura plus de couche d'ozone pour filtrer ses rayons ultraviolets. Ainsi, il vous exposera à deux fois plus d'UV de type A, responsables du bronzage et du vieillissement de la peau ; à 10 fois plus d'UV B, ceux qui donnent de mauvais coups de soleil et des cancers cutanés ; et surtout à 100 fois plus de très dangereux UV C, capables de causer des lésions de la peau, des inflammations, des conjonctivites, voire des cécités. Heureusement, il suffit d'un vêtement ou d'une simple vitre pour arrêter ces rayons, donc vous pourrez tout à fait vous en sortir face à ces risques-là.

« Imaginons que tout l'air de la Terre disparaisse en 30 secondes. »

« Incapables d'utiliser leur moteur, les milliers d'avions volant à ce moment précis dans le ciel tomberont comme des mouches. »

ÉVAPORATION DANS LE SILENCE

D'autres effets seront en revanche inexorables. Après vous être rapidement aperçu qu'il ne servait à rien de tenter d'appeler à l'aide, puisque le son a besoin d'air pour se propager et que le monde se retrouvera brusquement plongé dans un profond silence, vous ressentirez des picotements sur votre langue : c'est votre salive qui commence à s'évaporer. En l'absence de pression de l'air, toute l'eau de la Terre entamera un processus d'évaporation. Mais, en 30 secondes, celle-ci n'aura pas le temps d'aller très loin : il faudrait des dizaines de trillions d'années pour que toute l'eau du globe s'évapore.

PLUIE DE VOLATILES ET D'AVIONS

Alors que votre vision se trouble peu à peu à cause du manque d'oxygène, vous distinguerez malgré tout des formes tomber au sol : ce sont des oiseaux qui s'écrasent, faute de pouvoir voler grâce à l'air. Et, avec une population mondiale de volatiles estimée entre 200 et 400 milliards d'individus, attendez-vous à une véritable pluie de piafs ! Mais ce n'est rien à côté d'un autre danger qui planera littéralement au-dessus de votre tête : la chute d'avions. Incapables d'utiliser leur moteur à combustion, les quelque 10 000 aéronefs volant à ce moment précis dans le ciel tomberont d'environ 4 400 m en l'espace de ces 30 secondes. Ceux qui se trouvaient au-dessous de cette altitude s'écraseront donc eux aussi. Quant à ceux qui volaient à leur altitude de croisière de 10 000 m, ils ne seront pas pour autant tirés d'affaire, puisque les pilotes devront reprendre le contrôle de leur appareil, une opération pour le moins délicate lorsque l'on vient d'être privé d'air.

DILATATION DES GAZ

En plus du manque d'oxygène, de l'absence de son et des picotements buccaux, tous les gaz de votre corps, non soumis à la pression, se dilateront. Sans se préoccuper de ce qui se trouve sur leur chemin, ils se dirigeront vers l'orifice le plus proche, causant vomissements, urination et défécation… Et pour les petits malins qui ont senti venir le coup et ont inspiré une grande bouffée d'air avant qu'il ne disparaisse, ce n'était pas une brillante idée : cet air va également se dilater, déchirer leurs poumons et faire pénétrer dans leur sang des bulles d'air qui exploseront une fois arrivées dans leur cerveau, provoquant leur mort.

ÉVAPORATION DES LIQUIDES

Après 10 ou 15 secondes, votre corps aura consommé tout l'oxygène qui restait dans votre sang, entraînant un évanouissement. Puis votre corps entier sera victime d'ébullisme. Charmant mot, n'est-ce pas ? Il signifie que tous les fluides de votre organisme se mettront eux aussi à s'évaporer. Or, comme ils seront retenus par votre peau, cela occasionnera d'inévitables gonflements. Fort heureusement, en 30 secondes, ils n'auront pas le temps de vous faire doubler de volume et se manifesteront plutôt par d'éventuels jets de vapeur depuis vos narines ou votre bouche.

DE LOURDES RÉPERCUSSIONS

Après 30 secondes, l'air reviendra et la pression atmosphérique avec lui. Les personnes à la plus faible constitution, comme les bébés ou les vieillards, auront sans doute succombé à cette absence d'air prolongée. Pour les survivants, le retour à la vie normale pourrait s'accompagner de sévères conséquences, entre potentielle cécité et perte de fonctions motrices due aux dégâts infligés au cerveau. Les plus chanceux mettraient probablement quelques heures, voire quelques semaines, avant de pouvoir à nouveau gambader.

Et si

L'HUMANITÉ DISPARAISSAIT PENDANT 1 MILLION D'ANNÉES ?

Imaginons que, du jour au lendemain, tous les humains quittent leur bonne vieille planète natale pour un voyage intergalactique et ne reviennent que dans 1 million d'années pour voir ce qui est advenu de la Terre... Que se passerait-il pendant ce million d'années ? Et que resterait-il de notre civilisation après tout ce temps ?

APRÈS 25 ANS

Les routes auraient pratiquement disparu. Et la faune et la flore ne se seraient pas privées pour coloniser nos bâtiments abandonnés. En cause ? Le vent, qui transporte en quantité infime de la terre, des spores et des graines. Il suffirait que celles-ci viennent se loger dans un interstice, comme entre deux lattes de plancher, pour que la végétation se mette à pousser. Ainsi, tous les édifices de verre deviendraient d'immenses serres et, dans les centres commerciaux, les recoins des rayons des boutiques serviraient de tanières aux animaux.

APRÈS 30 ANS

Les satellites, dont la trajectoire ne serait plus corrigée par les ordinateurs, se désintégreraient en tombant sur Terre, formant une véritable pluie d'étoiles filantes artificielles. Alors que de nombreuses espèces animales profiteraient de l'absence des humains, d'autres s'éteindraient, faute d'avoir pu s'adapter à la vie sans eux. Ce serait le cas notamment de quelques milliards d'animaux d'élevage, comme les bovins et les poules.

Les villes qui se trouvent sur le littoral seraient les premières à être rayées de la surface de la Terre. L'érosion ferait tomber les habitations construites sur les falaises, le vent chargé d'humidité et de sel abîmerait vite les bâtiments, et les vagues feraient céder les digues les plus fragiles, pendant que poissons et autres animaux marins s'occuperaient de détruire les plus solides.

APRÈS 50 ANS

Du fait des pluies et des inondations, certains sols demeureraient gorgés d'eau. Les constructions reposant dessus s'y enfonceraient peu à peu et finiraient par s'effondrer. Les structures en béton commenceraient, elles aussi, à se détériorer. Le coupable ? Le gel. L'eau infiltrée dans les moindres fissures lors des épisodes pluvieux se dilaterait tous les hivers lors de sa transformation en glace, élargissant un peu plus chaque année les fentes, ce qui fragiliserait les structures. À cela s'ajouterait la rouille, corrosive pour les tiges d'acier des armatures d'immeubles.

APRÈS 100 ANS

La nature aurait réussi la prouesse d'éliminer la plus grande partie du CO_2 qu'on lui a mis dans les narines. Lorsqu'elle y sera complètement parvenue, la disparition des gaz à effet de serre ferait chuter les températures, donnant des hivers plus rigoureux qui pourraient être fatals à la faune non préparée. Nos anciens animaux domestiques auraient quant à eux évolué pour s'adapter à leur nouvel environnement : par exemple, les vaches ayant survécu à la sélection naturelle seraient désormais plus petites et plus résistantes. Les espèces jadis menacées, comme les bisons et les baleines, n'auraient cessé de proliférer. Mais la faune aquatique ne serait pas encore débarrassée de ce que nous lui avons laissé en héritage : il faudrait patienter quatre siècles pour que disparaissent les plastiques qui dérivent en mer, deux de plus pour les filets de pêche laissés dans les océans, et plusieurs milliers d'années pour les débris de verre… Les espèces marines pourraient tuer le temps en visitant les épaves des navires d'acier, sombrant les uns après les autres.

APRÈS 200 ANS

À leur tour, les fleuves reprendraient leurs droits et retrouveraient leur cours initial. Aux États-Unis, le fleuve Colorado finirait par faire se rompre l'immense barrage Hoover. À Paris, le sommet de la tour Eiffel se briserait sous l'effet de la rouille et du vent. Au Vatican, la chapelle Sixtine tiendrait encore debout, mais plus pour longtemps : d'ici trois siècles, elle s'écroulera sous son propre poids. Curieusement, les structures les plus résistantes seraient sans doute les plus anciennes de l'humanité : les pyramides d'Égypte. Mais, dans quelques milliers d'années, elles rentreront dans le rang, rongées et ensevelies sous les sables du désert.

APRÈS 1 000 ANS

La nature conquerrait les villes que les humains lui avaient arrachées : Londres se métamorphoserait en un marécage, Las Vegas en un désert.

APRÈS 10 000 ANS

Les zones australes seraient les seules régions du monde où subsisteraient quelques vestiges de notre passage sur Terre. Là-bas, le froid intense empêcherait en effet les insectes de proliférer et de s'attaquer à la structure des bâtiments. Dans l'hémisphère nord, le vague profil des grandes villes devenues des jungles couvertes de végétation constituerait l'unique trace de la civilisation humaine. Mais tout cela ne sera bientôt qu'un lointain souvenir : d'ici une vingtaine de milliers d'années, la nouvelle ère glaciaire devrait tout recouvrir sous un épais manteau neigeux.

APRÈS 1 MILLION D'ANNÉES

Pour trouver un souvenir de l'existence humaine, ce n'est plus sur Terre qu'il faudrait regarder, mais sur… la Lune. Là-haut, des centaines d'objets laissés lors de missions aérospatiales reposeraient à jamais, intacts, préservés par l'absence d'atmosphère, de plantes et d'insectes. Parmi eux : des sacs d'urine, d'excréments et de vomi… Un bien drôle d'héritage pour notre « brillante » civilisation !

« La faune et la flore ne se seraient pas privées pour coloniser nos bâtiments abandonnés. »

« Notre planète tourne à une vitesse d'environ 1 670 km/h. »

Et si
LA TERRE S'ARRÊTAIT DE TOURNER ?

Saviez-vous que la Terre ralentit lentement sa rotation ? Tous les 50 000 ans, les jours terrestres gagnent environ 1 seconde. C'est peu, mais imaginons un instant qu'elle ralentisse beaucoup plus vite et s'arrête même complètement. Que se passerait-il alors ?

ARRÊT BRUTAL OU PROGRESSIF ?

Tout d'abord, tranchons une question : la Terre s'arrêterait-elle d'un coup ou progressivement ? Notre planète tourne à une vitesse d'environ 1670 km/h à l'équateur. Une vitesse qui diminue en s'approchant des pôles, à cause de sa forme sphérique. Ainsi, la vitesse de rotation à la latitude de Paris est d'environ 1100 km/h. Et si la Terre tourne à une certaine vitesse, tout ce qui se trouve sur elle également. En cas d'arrêt brutal, tout ce qui ne serait pas solidement enraciné à sa surface continuerait donc son mouvement et serait propulsé à sa vitesse de rotation. Le long de l'équateur, vous seriez projeté à 1670 km/h, soit la vitesse d'une balle de pistolet… Dans ces conditions, il y a de grandes chances pour que tous les humains périssent instantanément comme des moucherons écrasés sur un pare-brise !

Pour éviter à notre scénario de tourner court et donner une chance à nos congénères, regardons donc plutôt ce qui arriverait en cas de ralentissement progressif.

BOULEVERSEMENT DES OCÉANS

D'ordinaire, en tournant, notre planète génère de la force centrifuge qui, conjuguée à la gravité, permet de répartir les mers un peu partout sur le globe, notamment au niveau de l'équateur. Plus la Terre va ralentir, plus cette force va s'amoindrir, soumettant de plus en plus à la gravité les océans, qui se déplaceraient progressivement vers les pôles, où l'attraction terrestre est plus forte. Les mers de l'hémisphère nord se dirigeraient vers le pôle Nord, celles de l'hémisphère sud vers le pôle Sud. Une fois notre bonne vieille Gaïa totalement à l'arrêt, cette force disparaîtrait et les étendues d'eau ne bougeraient plus. Or, en se regroupant ainsi autour des pôles, les océans auraient un niveau plus élevé et de nombreux pays seraient submergés. Ainsi, il ne resterait de l'Europe qu'une partie de la péninsule ibérique et quelques îles grecques ; le Groenland aurait été englouti, tout comme la Russie, le Canada et le nord des États-Unis. L'hémisphère sud, qui comprend moins de terres, s'en sortirait sans doute un peu mieux, mais l'Antarctique, l'Argentine et le Chili seraient désormais sous les eaux.

En contrepartie, de nouvelles terres émergeraient. Au niveau de l'équateur, un continent entier se serait formé et ferait littéralement le tour du monde. Mais n'allez pas croire que ces nouvelles terres seraient habitables...

TREMBLEMENTS DE TERRE À GOGO

Autre conséquence déplaisante de l'arrêt de la rotation de notre planète : le décalage qu'il engendrerait entre la surface de la Terre et son noyau. Ce dernier, plus lourd et avec plus d'inertie, ralentirait plus lentement, et la Terre se retrouverait comme arrachée de son propre noyau. Une configuration qui causerait des séismes un peu partout dans le monde, y compris dans les zones en temps normal peu concernées par ces phénomènes. Ces tremblements de terre détruiraient des voies de communication, des réseaux électriques et un bon paquet de villes. Sous la mer, l'activité sismique provoquerait quant à elle de nombreux tsunamis. Et, pour ne rien arranger, tout cela favoriserait aussi les éruptions volcaniques... Mais ce n'est pas tout.

NOUVELLES ZONES RADIOACTIVES

Vous le savez peut-être, les mouvements des fluides qui composent le noyau de notre planète génèrent le champ magnétique terrestre, qui nous protège des vents solaires, chargés de radiation. Sans rotation de la Terre, ces fluides bougeraient moins et le champ magnétique s'affaiblirait, laissant pénétrer les vents solaires. Ainsi, certains endroits du monde pourraient devenir suffisamment radioactifs pour constituer des zones mortelles.

JOURNÉES INTERMINABLES

Enfin, il reste un changement de taille à évoquer : l'allongement des jours. Au fur et à mesure que la Terre ralentirait, les journées s'allongeraient bien au-delà de 24 heures. Et lorsque qu'elle ne tournera plus du tout, un jour terrestre durera toute une année ! Il sera divisé en 6 mois de jour et 6 mois de nuit. Quant à l'aube et au crépuscule, ils pourraient durer plusieurs semaines. Car si notre planète aura cessé de tourner sur elle-même, elle poursuivrait sa révolution autour du Soleil.

Ce changement de cycle chamboulerait le rythme de vie de nombreuses espèces, et seules celles qui ont l'habitude d'hiberner ou vivent dans les abysses auraient une chance de s'en sortir. En outre, cette journée sans fin provoquerait une hausse spectaculaire des températures lorsque le Soleil nous éclairerait de plein fouet : le long de l'équateur, elles dépasseraient les 50 °C. Au cœur de la nuit, ce serait le parfait opposé, avec une cinquantaine de degrés au-dessous de zéro.

Avec des bouleversements aussi extrêmes et un climat aussi rude, les espèces s'éteindraient les unes après les autres, et l'espèce humaine ne serait certainement pas la dernière à disparaître...

« En cas d'arrêt brutal, tout ce qui ne serait pas solidement enraciné serait propulsé subitement. »

Et si
LES NAZIS AVAIENT GAGNÉ LA SECONDE GUERRE MONDIALE ?

Du roman de science-fiction *Le Maître du Haut Château* (1962) au jeu vidéo *Wolfenstein* (1981), la réalité alternative issue d'une victoire nazie lors de la Seconde Guerre mondiale suscite toujours autant d'intérêt. En s'inspirant de ces diverses uchronies, voici une version de ce qui aurait pu se passer si Hitler et consorts n'avaient pas été vaincus.

1947

La Wehrmacht a remporté la bataille de Stalingrad face aux Russes et a réussi à repousser le débarquement des Alliés. Les Américains, découragés par le passage au-dessus de New York du missile allemand V2, équipé de l'arme atomique, signent l'armistice avec le IIIe Reich. Déjà retirés du conflit, ils n'ont pas largué la bombe A sur le Japon, qui a poursuivi son engagement dans la guerre jusqu'à contraindre les États-Unis à leur céder quelques îles du Pacifique, dont Hawaï. En Angleterre, le roi George VI a été destitué par les nazis au profit d'Edward VIII, sympathisant à leur cause. Quant au gouvernement de Churchill, il a dû s'exiler en Inde pour continuer à organiser la résistance aux côtés de Charles de Gaulle.

1949

C'est la fin de la guerre. En Russie, Staline et son gouvernement se sont réfugiés au fin fond de la Sibérie et la Wehrmacht s'apprête à écraser l'Armée rouge. Comme annoncé dans *Mein Kampf*, Hitler lance la colonisation des terres conquises de l'Est, propices à l'agriculture. Pour attirer les colons allemands, il leur promet des travailleurs forcés, slaves ou juifs. La même année, il met en œuvre son projet Judenfrei, avec un plan de déportation massive des juifs à Madagascar, ex-colonie française.

1952

Staline est capturé. Les nazis ont profité de la complicité du chef des services secrets russes, Lavrenti Beria, à qui ils ont promis un haut poste à la Gestapo. En Inde, les Alliés se préparent à mener une offensive contre les Allemands, qui fondent vers eux depuis l'Afrique. Mais c'est un combat perdu d'avance. La Chine l'a bien compris et, plutôt que d'aider les troupes britanniques et françaises, elle signe de juteux contrats industriels avec l'Allemagne.

« Hitler fête ses
70 ans dans un monde
où ses ennemis ne se
comptent plus que sur les
doigts d'une main. »

« Hitler meurt quelques jours avant que le premier homme, un astronaute allemand, ne mette le pied sur la Lune. »

1959

Hitler fête ses 70 ans dans un monde où ses ennemis ne se comptent plus que sur les doigts d'une main. À cette occasion, il sort de sa résidence du Berghof pour une cérémonie en mondovision dans le grand dôme de Germania, nouvelle capitale du IIIe Reich. Celle-ci a été construite sur les cendres de Berlin et conçue pour être la ville la plus imposante du monde. S'il apparaît enfin en public, le Führer reste très diminué : atteint de la maladie de Parkinson depuis la guerre, il est aussi devenu accro à la méthamphétamine.

1962

Hitler meurt quelques jours avant que le premier homme, un astronaute allemand, ne mette le pied sur la Lune. Il laisse à son successeur un immense empire qui s'étend de la Russie centrale à l'Amérique, désormais partagée entre le Japon et l'Allemagne. Son héritier, désigné dans son testament, n'est autre que Helmut Goebbels, seul descendant mâle du ministre de la Propagande, Joseph Goebbels. Dans cette réalité, le fils du dirigeant nazi n'est pas mort empoisonné dans le bunker d'Hitler en 1945, mais bien vivant, et est âgé de 27 ans.

1967

Sans Hitler, le régime nazi est moins uni et un camp d'opposition se forme autour de Reinhard Heydrich, « le boucher de Prague ». Ici, le directeur de l'Office central de sécurité du Reich n'a pas été tué dans un attentat en 1942 et reste très respecté des nazis de la première heure. Malgré ces troubles internes, l'Europe continue de filer droit, et Helmut Goebbels peut donner en exemple une de ses provinces en particulier : la France. L'ancienne patrie des droits de l'homme demeure fidèle à la politique d'ultra-collaboration entamée par Pierre Laval et poursuivie par son nouveau président, René Bousquet, connu pour avoir étroitement travaillé avec Heydrich et s'être illustré dans la rafle du Vél'd'Hiv.

1973

La guerre froide bat son plein. Elle ne concerne plus l'URSS et les États-Unis, puisque ces entités n'existent plus, mais l'Allemagne et le Japon. L'alliance circonstancielle entre les deux puissances a en effet perdu sa raison d'être avec la fin de la guerre. Et, depuis les années 1960, leurs relations s'enveniment avec l'arrivée d'un nouvel enjeu : le pétrole. L'empire du Soleil-Levant, qui exploite les bassins pétroliers d'Amérique de l'Ouest, d'Alaska et de Chine, n'est « que » le troisième producteur au monde, derrière l'Allemagne et… l'Italie, forte de ses puits au Moyen-Orient. Ainsi, lorsque Heydrich décide d'annexer une région pétrolifère du Canada revendiquée par le Japon, c'est l'escalade. Comme dans notre réalité, le monde passe tout près d'une catastrophe nucléaire. Quant au « boucher de Prague », le Führer ne lui pardonne pas sa manœuvre et l'exécute lui-même dans une cérémonie mystique.

1980

L'affaiblissement du Führer ravive les mouvements de résistance à travers le monde, notamment en Inde, dernier bastion des Alliés, et en Russie, avec une milice de libération baptisée « Les cosaques rouges ». Les réseaux s'organisent de mieux en mieux grâce à une invention révolutionnaire développée par les nazis depuis des décennies, nommée « wyrd », un mot issu du vieil anglais et représentant le destin dans la mythologie nordique. Dans notre réalité, elle est connue sous le nom… d'Internet.

Et si

TOUTE L'HUMANITÉ SAUTAIT D'UN COUP DANS L'OCÉAN ?

Imaginons que les 8 milliards d'habitants de la Terre aient l'idée saugrenue de plonger au milieu de l'océan en même temps... Que se passerait-il alors ? Ce saut tout à fait imaginaire changerait-il la face du monde ? Causerait-il un raz-de-marée capable d'engloutir une bonne partie des terres émergées ?

UNE BOULE D'1 KM DE DIAMÈTRE

Précisons d'abord comment se passerait ce plongeon épique : toute l'humanité se réunirait dans une immense boule, dont l'avantage serait de permettre d'avoir un seul gros plongeon sur un point précis. Quelle taille ferait cette boule ? Pour information, le volume moyen d'un être humain est de 0,075 m^3 et nous sommes actuellement 8,22 milliards de Terriens, selon le site Worldometer. L'humanité occupe donc un volume d'environ 616 500 000 m^3. Ces informations nous permettent de calculer qu'une boule contenant l'intégralité de l'humanité ferait 1 056 m de diamètre. Pas énorme, non ? Près de 10 longueurs de terrain de football ! En revanche, sachant qu'un humain pèse en moyenne 62 kg, son poids pourrait s'élever à 509 millions de tonnes, soit le poids de 3 millions de baleines bleues, l'animal le plus lourd du monde !

UN LARGAGE AU MILIEU DE L'OCÉAN

Quant à l'endroit où nous allons larguer cette boule humaine, il est tout trouvé : le point Nemo. C'est ainsi qu'est nommé le point maritime le plus éloigné de toute terre émergée, en plein milieu de l'océan Pacifique, à peu près entre l'Amérique du Sud et la Nouvelle-Zélande. Un lieu qui, pour la petite histoire, se situe non loin de R'lyeh, la mystérieuse cité engloutie inventée par l'écrivain Howard Phillips Lovecraft, où sommeille le dieu Cthulhu... Et justement, pour ajouter de l'épique et espérer un plongeon spectaculaire, nous allons jeter notre humanité en boule depuis une hauteur de 276 m, ce qui correspond précisément à la hauteur du troisième étage de la tour Eiffel. Mais notre humanité en boule a une petite particularité physique : elle n'est pas rigide comme une pierre, mais plutôt flasque, comme un gros sac à viande. Cela signifie qu'au moment de l'impact, elle risquerait d'abord de s'aplatir à la surface de l'eau avant de s'y enfoncer.

LA MOITIÉ DE LA PUISSANCE D'HIROSHIMA

Quoi qu'il en soit, au moment de toucher l'eau, la sphère aurait une force de 25 000 GJ (gigajoules), c'est-à-dire « seulement » la moitié de la capacité de la bombe atomique qui a frappé Hiroshima en 1945. Grâce au site Nukemap, un simulateur de bombe en ligne (oui, cela existe), nous pouvons estimer que le plongeon engendrerait des vagues dans un rayon d'environ... 2 km autour de la zone d'impact. Cela fait vraiment très peu, en sachant que les terres les plus proches du point Nemo se situent à plus de 2 600 km...

DÉRIVE DANS LES COURANTS MARINS

Mais ce n'est pas tout. Une fois tombée à l'eau, du fait de sa densité, notre boule d'humains ne coulerait pas à pic, mais se maintiendrait bel et bien à la surface. Commencerait alors pour elle un long processus de dérive au gré des courants marins. Elle devrait d'abord suivre le Gulf Stream et remonter tranquillement l'océan Atlantique jusqu'au large des côtes nord-américaines. Là, il est fort probable qu'elle se fasse picorer par quelques milliers de poissons. Mais elle aurait le temps de voir venir : si un gros requin blanc de 2 t se décidait à la manger en entier, cette tâche lui prendrait des millions d'années ! Peut-être même davantage que le laps de temps qui nous sépare des derniers dinosaures, disparus il y a 66 millions d'années... Il est donc possible que la sphère humaine soit partiellement mangée, mais qu'il n'y ait pas assez de poissons pour la terminer.

HAUSSE MICROSCOPIQUE DU NIVEAU DES MERS

Au fil du temps, en se chargeant d'eau et de sel, elle finirait par gagner en densité et par couler au fond de l'océan. Ce faisant, elle continuerait à suivre le Gulf Stream et retournerait dans l'Atlantique Sud, traverserait l'océan Indien et remonterait enfin dans l'océan Pacifique. À moins qu'elle n'ait déjà arrêté son long périple en se heurtant aux fonds marins. À ce stade, l'humanité en boule ne devrait plus ressembler à grand-chose. À moitié mangée, en partie décomposée, elle subirait également les effets de la pression sous-marine.

Dernière conséquence de ce gigantesque saut dans l'eau : le niveau des océans augmenterait. Une baisse peu sensible toutefois : seulement un centième de millimètre, soit 400 fois moins que la taille d'un pou. Pas de quoi s'affoler donc, surtout lorsqu'on sait que le niveau des mers pourrait grimper de plus d'1 m d'ici 2100.

UN SAUT HUMAIN BIEN DÉCEVANT

En bref, si l'idée d'un saut conjoint de tous les humains dans la mer paraissait prometteuse (et très étrange, il faut bien le dire), le résultat serait loin d'être à la hauteur. Mais imaginez que nous renouvelions l'expérience d'ici un siècle. Avec les problèmes croissants d'obésité et la population mondiale qui devrait dépasser les 11 milliards d'individus, quelle serait alors la taille de notre boule humaine ?

« L'endroit où nous allons larguer cette boule humaine est tout trouvé : le point Nemo. »

Et si

VOUS PASSIEZ UNE JOURNÉE EN 2050 ?

Saviez-vous qu'il existe des gens dont c'est le métier de prédire l'avenir ? On les appelle des futurologues. S'ils ont parfois des différends, tous s'accordent sur une chose : notre avenir sera indissociable du numérique. Mais qu'en sera-t-il concrètement ? À quoi seriez-vous confronté si, en vous réveillant demain matin, vous vous retrouviez subitement plongé 25 ans en avant ? Avec une bonne dose de spéculation, voici à quoi pourrait ressembler une de vos journées en 2050.

DES VOITURES AUTONOMES

Il est entre 7 heures et 7 h 30 et vous émergez facilement. Votre réveil connecté a en effet attendu que vous soyez dans une phase de sommeil léger pour vous tirer de vos songes avec une chanson douce que vous appréciez. En faisant votre toilette, vous vous imprégnez des infos du jour s'affichant sur votre miroir, qui fait aussi office d'écran tactile. Vers 8 heures, vous avalez en vitesse le petit-déjeuner préparé par votre robot domestique avant de sauter dans votre voiture pour vous rendre à la gare. Oui, les voitures existent toujours, mais elles ont bien changé : elles sont désormais capables de rouler toutes seules ! Elles utilisent pour cela une modélisation 3D des routes. Et bien sûr, elles fonctionnent toutes à l'électricité ou au biocarburant.

PARIS-ISTANBUL EN MOINS DE 30 MINUTES

À 8 h 30, vous arrivez à la gare et vous montez à bord de votre... capsule hyperloop. Les trains ont été remplacés par cette nacelle hermétiquement fermée placée dans un tube à haute pression, où un système d'aimants permet d'éviter les frottements avec la paroi et d'avancer à très grande vitesse. Cette dernière est largement supérieure à celle des premiers modèles des années 2020 : en allégeant les composants et en optimisant certaines pièces, la vitesse a été multipliée par cinq, pouvant atteindre jusqu'à 6 500 km/h. Ainsi, en moins d'une demi-heure, vous vous retrouvez à... Istanbul.

« Votre robot domestique vous aide dans les tâches quotidiennes. »

MANAGER EN MORT NUMÉRIQUE

Là-bas, vous devez rencontrer un client qui est un peu de la vieille école et veut vous voir « en vrai ». Il faut dire que vous faites un métier singulier : manager en mort numérique. Vous êtes chargé d'effacer les traces numériques que laissent les gens pendant leur passage sur Terre. Vous vous rendez à votre rendez-vous en taxi volant. Il ne s'agit pas à proprement parler d'une voiture volante, puisque votre véhicule est une capsule cylindrique fixée à un drone dont le pilote se trouve dans une tour de contrôle. D'en haut, vous apercevez des sortes de bulles posées au sol : ce sont des dômes où règne un microclimat favorisant la culture d'espèces particulières. Vous arrivez à 9 h 30 à votre destination, une grande tour de verre.

MIAM, UN REPAS À BASE D'INSECTES ET D'ALGUES

Votre entretien se passe bien : grâce à vos lunettes de sous-titrage en direct, la barrière de la langue est aisément franchie et vous signez un contrat qui vous engage pour quelques mois. Vous trouverez ensuite facilement un autre employeur. En sortant, vous vous dites que vous profiteriez bien de l'après-midi pour visiter la ville. Aussi, pour ne pas perdre trop de temps à déjeuner, vous vous dirigez vers un distributeur et achetez un repas complet en barre à base d'insectes et d'algues. Eh oui, en 2050, les pays occidentaux consomment moins de viande, surtout parce que, avec quasi 10 milliards d'êtres humains sur la planète, en produire pour tout le monde serait trop énergivore. Aux côtés d'édifices vieux de plusieurs siècles, comme la Mosquée bleue, le palais de Topkapi ou la tour de Galata, se dressent des bâtiments flambants neufs au design souvent inspiré de la nature. Arrivé devant Sainte-Sophie, vous passez un appel visuel avec une amie et convenez de vous voir à 19 h 30. À 17 h 30, votre hyperloop repart vers la France. À bord, vous lisez l'actualité sur votre tablette : les économies chinoise et indienne continuent de prendre le large.

DES ROBOTS JUSQUE DANS L'INTIMITÉ

En rentrant chez vous, vous n'avez qu'à mettre les pieds sous la table : votre robot domestique vous a comme à l'accoutumée concocté un délicieux repas. À 19 h 27, vous êtes toujours chez vous mais, pas de panique, vous ne serez pas en retard : tranquillement assis dans votre fauteuil, vous posez sur vos yeux vos lentilles de réalité virtuelle et voyez soudain apparaître votre amie en face de vous, plus vraie que nature. Comme vous, elle a été numérisée grâce à des centaines de photos assemblées.

La soirée s'écoule et, bientôt, il est l'heure d'aller vous coucher. Mais avant, vous vous offririez bien une petite session de plaisir solitaire, puisque votre moitié est absente. Vous vous tournez donc vers votre... robot sexuel, calibré pour exaucer tous vos désirs.

Avant de vous endormir, vous vous dites que, tout de même, toutes ces technologies au service de l'homme et de son confort sont bien appréciables. Mais en étant toujours plus assisté par la technologie, même dans les interactions les plus basiques, l'humain ne serait-il pas en train de s'enfermer dans un cocon numérique qui pourrait finir par avoir raison de lui ?

« Toutes ces technologies au service de l'homme sont bien appréciables. »

Et si

UNE BOULE DE BOWLING FRAPPAIT LA TERRE À 99 % DE LA VITESSE DE LA LUMIÈRE ?

Saviez-vous que les meilleurs joueurs de bowling lancent leur boule à une vitesse d'environ 35 km/h ? Bien sûr, au moment de l'impact, elle a perdu de sa vitesse, notamment à cause des frictions avec la piste. Imaginons donc que cette boule soit plutôt lâchée depuis l'espace vers notre planète et qu'en plus de cela, elle atteigne 99 % de la vitesse de la lumière... Que se passerait-il au moment où elle entrerait en contact avec la Terre ? Les effets seraient-ils dévastateurs ? Et si oui, jusqu'à quel point ?

LA BOULE DE BOWLING

Commençons par décrire notre boule de bowling. Celle-ci fait un peu plus de 21 cm de diamètre et pèse environ 3,8 kg. Dans l'espace, elle n'aurait pas le problème de friction qu'elle rencontre sur une piste, mais pour atteindre 99 % de la vitesse de la lumière, elle devrait être propulsée beaucoup plus vite. Il faudrait en effet la lancer 8 480 fois plus fort ! Ainsi, elle atteindrait 296 794 km/s, soit les 99 % de la vitesse de lumière, égale à 300 000 km/s. À une telle allure, elle mettrait un tiers de milliseconde pour traverser la centaine de kilomètres dont est constituée notre atmosphère. Elle n'aurait absolument pas le temps de se désintégrer comme le ferait une météorite de même taille. C'est qu'elle est pressée de s'écraser !

CALCUL DE L'IMPACT

Mais comment calculer la puissance d'impact d'un tel objet ? Tout simplement en déterminant son énergie cinétique, celle qui résulte de son mouvement. Le résultat de ce calcul s'exprime en joules. Le joule est une unité de mesure de l'énergie mais, dans notre cas, nous nous en servirons pour exprimer la force déployée par un objet, la boule de bowling, sur 1 m dans le sens où cette même force le pousse. Vous suivez ? Et quelle formule utiliser pour un tel calcul ? Malheureusement, les formules classiques ne nous seront d'aucune utilité, puisque, à ces vitesses-là, il va falloir recourir à la théorie de la relativité. Vous avez entendu parler de $E = mc^2$, la célèbre formule d'Einstein ? C'est celle qu'il nous faut ! Il suffit d'y inclure le facteur de Lorentz, γ (gamma), qu'on obtient via la formule $1/\sqrt{(1 - v^2/c^2)}$, où *v* est la vitesse de l'objet et *c* celle de la lumière. Sans entrer dans les détails de ce calcul, le résultat de notre équation serait de 2 090 PJ (pétajoules). Soit 2 milliards de milliards de joules !

10 FOIS LA BOMBE LA PLUS PUISSANTE AYANT JAMAIS EXPLOSÉ

L'impact serait si puissant qu'il dégagerait une énergie semblable à l'explosion de 10 Tsar Bomba, la plus puissante bombe ayant jamais explosé ! À elle seule, elle vaut 4 000 fois la bombe lâchée sur Hiroshima. Et pour égaler la force d'impact de notre boule de bowling, il ne faudrait pas moins de 1,2 milliard de TGV de 444 t lancés à 320 km/h ! En termes de corps céleste, si une météorite se déplaçant à environ 20 km/s devait avoir une puissance similaire à notre boule de bowling, en prenant en compte le fait que sa densité est la même qu'une chondrite, c'est-à-dire une météorite commune, il faudrait que sa masse soit de 10 450 000 t. Quant à son diamètre, il serait d'environ 177 m, soit presque la longueur de deux terrains de football.

CONSÉQUENCES DE L'IMPACT

En ce qui concerne l'explosion, celle-ci serait équivalente à celle d'environ 500 000 kt (kilotonnes) de TNT. En admettant que la boule de bowling tombe en plein cœur de Paris, toute la ville et sa proche banlieue seraient englobées dans une immense sphère de plasma dont la température serait équivalente à deux fois celle du Soleil à sa surface. Ce qui se trouverait dans cette zone serait littéralement… vaporisé. L'explosion s'étendrait sur neuf départements et les bâtiments seraient soufflés dans un rayon de 56 km autour du point d'impact. La chaleur dégagée serait telle que, à 150 km à la ronde, les gens pourraient être brûlés au troisième degré et probablement… succomber à leurs brûlures. Donc si vous êtes à Orléans, Amiens, Rouen ou même si vous barbotez sur les plages de Dieppe… Vous êtes cuit. Au sens propre.

RIEN À VOIR AVEC L'ASTÉROÏDE QUI A ÉTEINT LES DINOSAURES

Mais ce n'est pas terminé, car le souffle de notre explosion pourrait briser des vitres à une distance pouvant aller jusqu'à 2 800 km. Autrement dit, si vous étiez sur la côte est du Groenland, vous risqueriez de voir les fenêtres de certains bâtiments se casser.

Concernant notre cratère, il irait des Halles, dans le 1er arrondissement, au Panthéon, dans le 5e, et ferait environ 750 m de diamètre, soit un peu plus de huit fois la statue de la Liberté de New York sur son socle. Sans parler du séisme de magnitude 8,5 et des tsunamis qui iront avec…

Si une telle boule de bowling frappait un jour la Terre, il vaudrait donc mieux ne pas être dans les parages. Mais, comme le dirait Einstein, relativisons : en comparaison de la météorite de Chicxulub, probable responsable de l'extinction des dinosaures et ses 15 km de diamètre, notre boule de bowling ferait pâle figure.

« Imaginons qu'une boule de bowling soit lancée depuis l'espace vers notre planète, à 99 % de la vitesse de la lumière… »

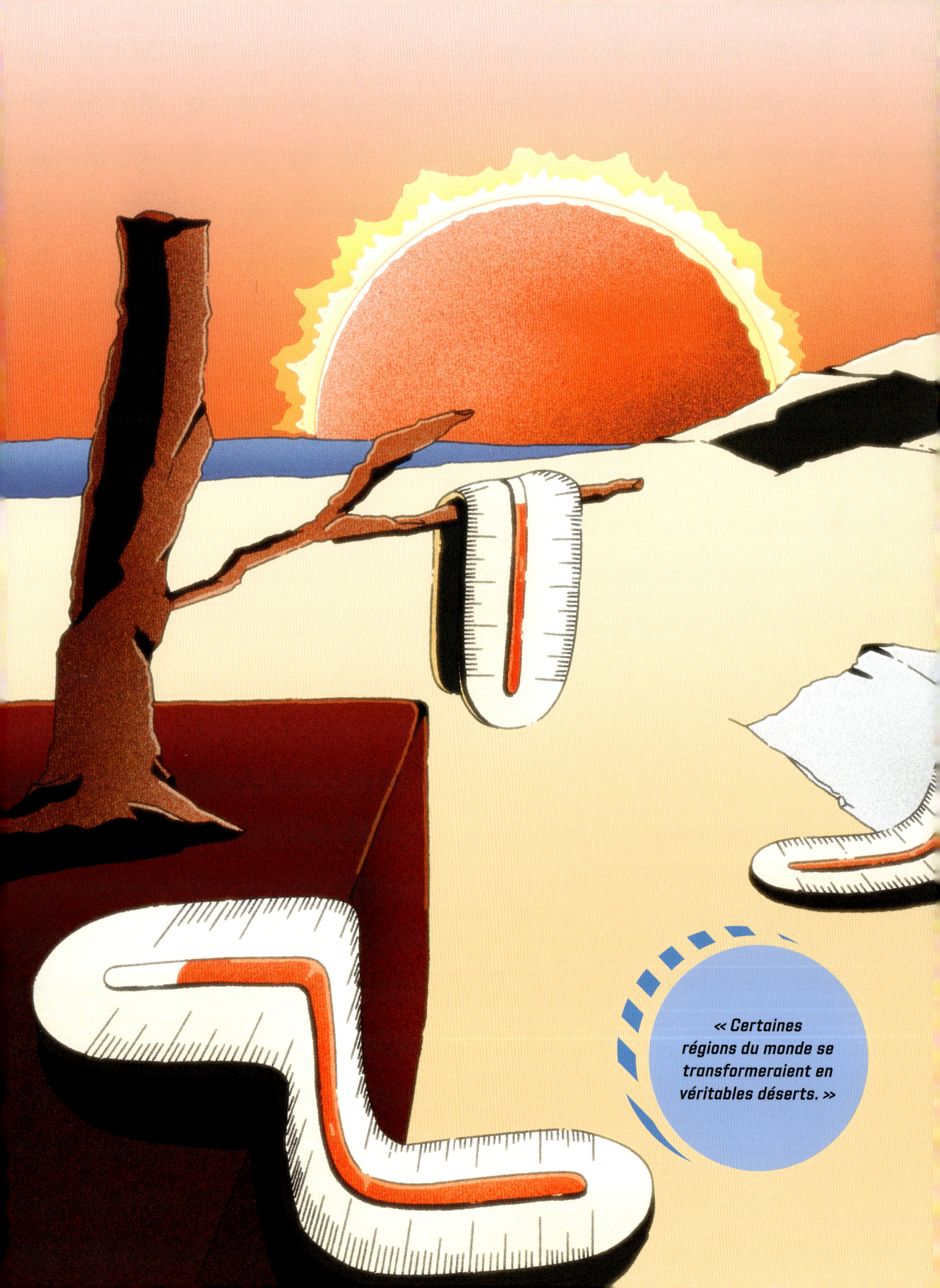
« Certaines régions du monde se transformeraient en véritables déserts. »

Et si

LA CANICULE DURAIT 1 AN ?

Avec le réchauffement climatique, les fortes chaleurs sont de plus en plus fréquentes et durent de plus en plus longtemps. Imaginons un instant que ces pics de température ne se limitent plus à quelques jours ou à quelques semaines, mais s'étendent... sur toute l'année. Dans quel état l'humanité se retrouverait-elle ?

APRÈS 3 SEMAINES

Trois semaines, c'est 1 semaine de plus que la canicule de 2003, la plus longue jamais enregistrée en France, et la plus meurtrière, avec près de 20 000 victimes. Dans l'Hexagone, justement, la quasi-totalité des départements se retrouverait alors en vigilance rouge, le plus haut échelon de Météo France. Le gouvernement activerait d'ailleurs la cellule interministérielle de crise pour prendre des décisions plus vite. Les endroits où sont réunies les personnes les plus vulnérables à la chaleur, comme les hôpitaux, les maisons de retraite, les établissements pour personnes handicapées et les écoles, seraient sur le pied de guerre. Mais les mesures décidées par les autorités ne suffiraient probablement pas et les pompes funèbres deviendraient aussi saturées que les hôpitaux. Bientôt, la sécheresse s'installerait dans tout le pays : l'approvisionnement en eau serait organisé et régulé. Désormais, interdit d'arroser son jardin, de remplir sa piscine ou de nettoyer sa voiture.

APRÈS 1 MOIS

Au bout d'1 mois, les records de chaleur auraient tous été battus un peu partout dans le monde. Alors que la canicule de 2003 avait fait 70 000 morts en Europe, elle aurait déjà tué plusieurs centaines de milliers de personnes cette fois. Celles-ci seraient victimes d'hyperthermie, c'est-à-dire d'une surchauffe du corps que la sueur ne parvient plus à évacuer. Elle provoque des troubles neurologiques et une accélération du rythme du cœur qui peut être fatale aux personnes cardiaques. En outre, la chaleur peut aussi causer la mort par déshydratation. Un risque sérieux pour les pays pauvres qui souffrent déjà des fortes températures et dans lesquels l'eau potable, rare, deviendrait quasi introuvable.

Les populations se trouveraient ainsi contraintes de boire de l'eau impropre à la consommation, occasionnant de graves maladies comme la dysenterie, qui, conjuguées à de mauvaises conditions sanitaires, entraîneraient des épidémies. Enfin, la sécheresse qui s'est établie dans de nombreuses forêts les rendrait propices aux incendies et il suffirait d'une étincelle pour que des hectares entiers partent en fumée. Et les feux seraient particulièrement difficiles à maîtriser en raison de la rareté de l'eau...

APRÈS 4 MOIS

Le manque d'eau s'aggraverait et les États seraient dans l'obligation de prendre des mesures drastiques pour ne pas en souffrir : rationnement du précieux liquide, fonctionnement à plein régime des usines d'épuration, limitation stricte de l'irrigation... Tout usage non vital de l'eau serait formellement interdit. Certaines régions du monde se transformeraient en véritables déserts. Le sud de l'Europe, où les températures en journée descendraient à présent rarement au-dessous de 40 °C, connaîtrait un exode sans précédent. Les populations émigreraient vers des zones plus proches du cercle polaire, où le climat est relativement doux.

APRÈS 8 MOIS

À ce stade, les régions équatoriales et tropicales deviendraient arides. Plus grave encore : à cause de la chaleur permanente et des faibles précipitations, la notion de saisons n'existerait plus. Une catastrophe pour la faune et la flore, qui en ont besoin pour rythmer leur cycle de vie. De nombreuses espèces animales et végétales s'éteindraient donc peu à peu. En outre, les températures record et l'impossibilité d'arroser les cultures mettraient le secteur agricole à genoux. À la pénurie d'eau s'ajouterait donc une crise alimentaire mondiale sans précédent.

APRÈS 1 AN

Cette seule année de canicule aurait changé la face du monde. Beaucoup de territoires autrefois habités seraient désormais déserts. Le bassin méditerranéen déclinerait au profit de la mer Baltique, où le climat stagnerait à une trentaine de degrés en journée. La péninsule ibérique se serait vidée tandis que la population de l'Islande aurait grimpé en flèche. Un nouveau modèle agricole aurait été mis en place, avec des cultures de fruits et de légumes nécessitant peu d'eau et pouvant pousser dans les milieux chauds, comme les noix de coco ou les tomates. L'eau resterait une denrée précieuse utilisée avec parcimonie.

1 MILLIARD DE MORTS

L'humanité ressortirait très diminuée de cette canicule. Entre les personnes âgées, les populations n'ayant pas eu accès à l'eau ou n'ayant pu se réfugier dans des contrées plus vivables, les malades et les victimes de la famine, environ 1 milliard de personnes y auraient succombé. Enfin, les fortes chaleurs auraient accéléré la fonte des glaces. En plus de faire monter le niveau des mers et d'engendrer d'autres immenses déplacements de population, cette fonte libérerait des bactéries et des virus capturés par les glaces depuis des siècles, voire des millénaires, et à présent susceptibles de se répandre dans l'atmosphère et de faire ressurgir des maladies du passé.

Et le plus inquiétant dans tout cela, c'est que le réchauffement climatique nous rapproche un peu plus chaque année d'une situation comparable...

« Des bactéries et des virus, capturés par les glaces depuis des siècles, seraient libérés par la fonte des calottes polaires. »

Et si
TOUTES LES BOMBES NUCLÉAIRES EXPLOSAIENT EN MÊME TEMPS ?

Entre les accidents de Fukushima ou de Tchernobyl et les bombardements sur le Japon en 1945, l'être humain a tristement démontré ce qu'il était capable de s'infliger avec la puissance atomique. Depuis ces traumatismes, l'humanité a développé une peur panique de l'apocalypse nucléaire. Affrontons cette peur : que se produirait-il si les 15 000 bombes nucléaires disséminées un peu partout dans le monde explosaient… en même temps et au même endroit ?

LA RUPTURE DES ATOMES

Avant de rentrer dans le vif du sujet, rappelons un peu comment fonctionne la fission nucléaire. La matière est composée de minuscules éléments appelés « atomes », constitués d'un noyau fait de protons et de neutrons, ainsi que d'électrons qui gravitent autour de lui. La fission nucléaire consiste à briser en deux noyaux le noyau des atomes. Cette opération s'effectue en jetant des neutrons sur les atomes, action qui libère une quantité importante d'énergie, en particulier lorsqu'il s'agit d'atomes lourds comme ceux de l'uranium 235. Plus les atomes se brisent, plus les neutrons sont libérés, et plus ceux-ci cassent d'autres atomes à leur tour, provoquant une réaction en chaîne potentiellement destructrice.

200 000 FOIS HIROSHIMA

Cette technologie a permis la mise au point de l'arme atomique, aujourd'hui détenue par neuf pays. Les États-Unis possèdent environ 6 000 ogives, la Russie à peu près autant et les sept autres détenteurs (Chine, France, Royaume-Uni, Inde, Pakistan, Israël, Corée du Nord) se partagent les 2 000 dernières. Ce qui fait un total d'environ 15 000 bombes nucléaires sur Terre. Pour commencer notre scénario apocalyptique, imaginons que toutes ces ogives soient rassemblées à Paris et qu'elles… explosent simultanément. La déflagration correspondrait à 200 000 fois celle d'Hiroshima et 53 fois celle de la Tsar Bomba, bombe russe de 57 Mt qui fut la plus importante à avoir jamais explosé, sur un site d'essai nucléaire.

UNE BOULE DE FEU DE 50 KM DE DIAMÈTRE

En premier lieu, une boule de feu de 50 km de diamètre s'élèverait dans le ciel. Elle serait suivie par un champignon atomique de plusieurs dizaines de milliers de mètres de haut. Puis un souffle brûlant, presque incandescent, se propagerait sur 250 km à la ronde, atomisant tout sur son passage : habitations, parcs, forêts, monuments, etc. Quant à l'onde sonore provoquée, elle serait si forte qu'elle ferait le tour de la Terre pendant plusieurs semaines avant de disparaître. À titre de comparaison, celle de la Tsar Bomba n'avait fait « que » trois fois le tour de notre planète.

PLUIE BRÛLANTE ET RADIOACTIVE

La plupart des habitants de la région parisienne perdraient la vie presque instantanément et les quelques rescapés des alentours se trouveraient, dans le meilleur des cas, brûlés au dernier degré. Moins d'1 heure après, une pluie se mettrait à tomber, mais une pluie noire, radioactive, et remplie de poussières irradiant la peau et les sols, le champignon atomique ayant envoyé des milliards de particules et de cendres dans l'atmosphère. Par la suite, la chaleur et les radiations seraient portées par le vent aux quatre coins du globe, faisant passer l'explosion parisienne d'accident national à catastrophe mondiale.

L'EUROPE RAVAGÉE PAR DES INCENDIES

Quelques semaines plus tard, Paris ne serait plus qu'un immense cratère. Autour de lui, la moitié nord de la France, la Belgique et une partie de l'Angleterre seraient devenues inhabitables. Et même au-delà de ces régions, les habitants auraient fui : des incendies auraient ravagé l'Europe et ses forêts, les terres y seraient brûlées et la biodiversité aurait chuté en flèche. Sur presque tout le continent, la plupart des plantes et des animaux n'auraient pas survécu au champ radioactif.

NOUVELLE ÈRE GLACIAIRE

Concernant le reste du monde, le temps ne serait pas vraiment au beau fixe. Les 150 millions de tonnes de fumées propulsées dans la stratosphère auraient formé un nuage de poussière opaque freinant les rayons de soleil. Les températures auraient baissé de 7 ou 8 °C, plongeant la Terre dans une ère glaciaire. En outre, les rares précipitations seraient radioactives, phénomène favorisé par les dommages causés dans la couche d'ozone, et les particules irradiées se seraient propagées sur l'intégralité de la planète.

SURVIVRE

Et ce n'est pas tout à fait terminé, puisque la majeure partie de l'eau aurait été contaminée et rendue impropre à la consommation. Les animaux s'en étant abreuvés se retrouveraient infectés à leur tour, devenant non comestibles pour l'être humain pour les décennies à venir. Si nous pourrions peut-être vivre malgré le froid, l'augmentation du nombre de cancers et l'appauvrissement de la nature, ainsi que la contamination de toutes les sources de nourriture, mèneraient à des centaines de millions de décès au fil des années. Finalement, la meilleure chance de survivre serait de se terrer dans un bunker souterrain avec des réserves importantes de nourriture... Mais jusqu'à quand ?

Autant de raisons d'espérer que l'humanité restera assez responsable pour ne pas succomber aux sirènes du feu nucléaire et ne jamais plus appuyer sur ce fameux petit bouton rouge...

« La plupart des habitants perdraient la vie presque instantanément. »

Et si
LA TERRE AVAIT DES ANNEAUX ?

Il est fort probable que, dans sa longue histoire, la Terre ait abrité un disque de débris il y a environ 4 milliards d'années, à la suite d'une collision avec une planète nommée Théia. Aujourd'hui, il n'en reste plus rien, et nous sommes loin de ressembler à Saturne et ses anneaux en forme de hula hoop. Mais qu'en serait-il si nous en avions eu depuis toujours ?

CEINTURE D'ASTÉROÏDES

Pour que la Terre puisse posséder des anneaux à l'instar des planètes gazeuses, imaginons qu'elle soit entrée en collision avec un immense objet spatial il y a des millions d'années, et que des millions d'astéroïdes se soient formés lors de l'impact. Ces derniers se seraient regroupés équitablement tout autour de notre planète, formant les fameux anneaux. Les astéroïdes se situeraient à 10 000 km de notre planète, c'est-à-dire plus loin que l'exosphère, la couche la plus externe de notre atmosphère. Cette distanciation, connue sous le nom de « limite de Roche », leur permettrait de bien rester en place et d'échapper aux frottements avec l'atmosphère qui risqueraient de les désintégrer. En revanche, ces anneaux ne pourraient être faits de glace tels ceux de Saturne, car la Terre est bien trop proche du Soleil pour cela. Ils seraient probablement constitués de silicate, comme environ 17 % des astéroïdes répertoriés.

SUPERBE ARC-EN-CIEL BLANC

Pour les Terriens, la vision de ces anneaux aurait tout de grandiose. Ils seraient en effet visibles en permanence grâce à la réflexion d'une partie de la luminosité du Soleil, et feraient même de l'ombre à la Lune, qui ne reflète que 10 % de notre étoile. Leur apparence serait différente selon notre positionnement sur le globe : à l'équateur, ils apparaîtraient comme une immense colonne de lumière haut dans le ciel, alors que depuis Paris, ils ressembleraient plutôt à une sorte d'arc-en-ciel blanc. De quoi en faire rêver plus d'un lors d'un rendez-vous romantique à la tombée de la nuit…

« Des débris célestes se seraient regroupés équitablement tout autour de notre planète, formant des anneaux. »

« Pour les Terriens,
la vision de ces anneaux
aurait tout de
grandiose. »

IMMENSE RÉGION DANS L'OBSCURITÉ

Mais ces anneaux ne provoqueraient pas que de l'émerveillement. Dans ce scénario, l'axe de rotation de la Terre serait incliné de 23° et les anneaux projetteraient ainsi une ombre gigantesque de plusieurs centaines de kilomètres au nord de l'équateur, en raison de la présence du Soleil. À cause du manque de lumière, un pan entier de la Terre ne pourrait pas être chauffé par l'étoile et une partie de la planète deviendrait alors hostile à l'évolution des êtres vivants. Ces régions obscures seraient surtout peuplées d'animaux nocturnes qui ne craignent pas le froid, comme les hiboux et les chauves-souris.

UN PONT ENTRE LES VIVANTS ET LES MORTS

Par conséquent, dès leur apparition, les *Homo sapiens* se seraient sans doute déplacés dans les régions éclairées, où les anneaux apparaissent comme des arcs-en-ciel. Par ailleurs, nos ancêtres auraient certainement intégré les anneaux dans leurs mythologies. Ils avaient en effet l'habitude de définir les éléments naturels comme des divinités. Avec cette lumière inconnue ornant le ciel, ces peuples auraient par exemple pu croire en une sorte de pont ou de chemin entre les vivants et les morts.

En outre, les mathématiciens de l'Antiquité auraient pu prendre leur position comme repère afin de calculer les distances entre la Terre et la Lune. Quant aux marins, ils auraient eu la capacité de se repérer jour et nuit en suivant l'arc de roche dans le ciel. Pratique pour les longs voyages et les grandes traversées !

ADIEU LES SATELLITES ?

Cependant, nos anneaux n'impliqueraient pas que des progrès pour la science. Comme vous le savez peut-être, les satellites sont souvent envoyés assez près de la Terre, à environ 800 km au-dessus de nos têtes. Et l'ISS, la Station spatiale internationale, est même deux fois plus proche. Situés à plus de 9 000 km des anneaux, ces engins gravitationnels semblent donc à l'abri de leurs astéroïdes... Ce serait compter sans les poussières ou les particules susceptibles de quitter l'orbite des anneaux et d'entrer en collision avec nos précieux objets spatiaux. Rien qu'un minuscule morceau de roche venant cogner un satellite à grande vitesse pourrait purement et simplement le détruire, et le disperser en plusieurs autres débris. Nous aurions alors affaire à une véritable réaction en chaîne, où les morceaux de métal viendraient percuter les autres satellites, et ainsi de suite. Nous pourrions par conséquent perdre tous nos engins spatiaux en un temps record. Voilà pourquoi il serait risqué d'envoyer des satellites dans l'espace, même loin des anneaux. Dans la même optique, il serait encore plus dangereux d'envoyer des humains dans l'espace, et partir vers la Lune constituerait une mission suicide !

DES DÉBRIS PROBLÉMATIQUES

Si nous n'avons pas de vrais anneaux de silicate autour de notre planète, la pollution spatiale est un problème bien réel. Notre orbite proche est en effet remplie d'objets spatiaux allant de quelques millimètres à des corps aussi volumineux qu'un autobus. Si nous n'y prenons pas garde, cela pourrait bien finir par devenir invivable.

Et si

LA RÉVOLUTION FRANÇAISE N'AVAIT PAS EU LIEU ?

Comme vous le savez sans doute, le régime politique républicain sous lequel nous vivons trouve sa source dans la Révolution française. Celle-ci remonte à 1789, lorsqu'une série d'événements, dont la fameuse prise de la Bastille, obligea Louis XVI à partager son pouvoir, avant de fuir et de finir guillotiné. Mais que se serait-il produit si ce brave roi féru d'horlogerie avait mieux géré la crise et avait réussi à maintenir la monarchie ?

1791-1792

Plutôt que de fuir piteusement, Louis XVI fait quelques concessions pour apaiser le peuple en colère, quitte à se mettre une partie de la noblesse à dos. Mais toutes les réformes que réclame le tiers état ne passent pas, à l'image de la liberté totale de la presse, ce qui provoque quelques échauffourées un peu partout en France. À Paris, des émeutiers à cran assiègent le palais des Tuileries, mais le rassemblement est dissous par un certain sous-lieutenant Bonaparte, qui n'hésite pas à tirer au canon sur la foule mécontente. Dans l'entourage du roi, cette politique d'ouverture ne fait pas l'unanimité. Son frère le comte d'Artois – futur Charles X dans notre réalité – juge ses réformes absurdes et obtient le soutien de la noblesse, courroucée par le recul de ses privilèges.

1804

Le 23 août, Louis XVI est toujours roi et fête ses 50 ans à Versailles. Pour l'occasion, il organise des feux d'artifice partout dans le royaume, auxquels tout le peuple français est invité à assister. Les nobles doivent désormais s'acquitter d'un impôt régulier, jadis destiné au seul tiers état. Les ducs, marquis et compagnie ne monopolisent plus les hautes fonctions étatiques, judiciaires et militaires comme c'était le cas auparavant. Malgré ces avancées, les trois ordres de l'Ancien Régime (noblesse, clergé et tiers état) subsistent. La France demeure une monarchie absolue.

1812

Louis XVI s'éteint à l'âge de 58 ans. Son fils, Louis XVII – décédé en prison à l'âge de 10 ans dans notre réalité – monte sur le trône. Poursuivant la politique de son père, il autorise un projet de constitution afin de créer une monarchie constitutionnelle et ainsi abolir la monarchie absolue. Vivement opposé au projet, le comte d'Artois est écarté du pouvoir et finit par se retirer à la cour d'Espagne avec les nobles hostiles à la Constitution. De là, avec l'Espagne, la Prusse et l'Angleterre, il parvient à monter une coalition contre le royaume de son neveu. Un an plus tard, la guerre éclate. Pour faire face aux forces coalisées, la France s'est alliée à l'Autriche et à la Russie. Il lui faut 13 longues années pour sortir victorieuse du conflit, avec en prime un agrandissement de son territoire. Sa victoire, le roi la doit beaucoup au rusé Bonaparte, devenu maréchal, la plus haute fonction militaire. Eh oui, ici Napoléon n'est pas mort à Sainte-Hélène en 1821, et a encore moins été sacré empereur !

1871

En ce printemps 1871, c'est la fête : pour la toute première fois, un roi de France débarque en Amérique. Henri V, successeur de Louis XVII, s'y rend pour visiter une immense colonie : la Louisiane. Car dans notre scénario, ce territoire bien plus vaste que la Louisiane d'aujourd'hui, s'étendant sur une vingtaine d'États de l'Amérique actuelle, de la Nouvelle-Orléans au Canada, n'a pas été vendu pour une bouchée de pain par Napoléon ! Mais l'effervescence est de courte durée : quelques années plus tard, le roi est assassiné par des partisans du retour à la monarchie absolue.

1890

La mort du roi n'est pas restée sans conséquences. Son jeune frère Charles a pris le relais sur le trône sous le nom de Charles X. Mais, inexpérimenté, il ne parvient pas à empêcher une scission entre la France métropolitaine et la Nouvelle-France, en Amérique du Nord. Devenue indépendante, celle-ci adopte un régime fédéral et démocratique inspiré par celui de son voisin, les États-Unis. D'ailleurs, ces derniers n'existent pas tels que nous les connaissons : c'est un pays beaucoup plus petit au sein d'un continent nord-américain morcelé et en partie francophone.

1917

La Première Guerre mondiale n'a pas lieu. Napoléon n'ayant jamais démantelé le Reich allemand au siècle dernier, il n'y a pas eu de réunification par Bismarck en 1871 et l'Allemagne n'existe pas. L'URSS non plus, d'ailleurs, car la Révolution russe, inspirée par la Révolution française, n'est jamais survenue.

1945

Cette année, le roi Charles XI, fils de Charles X, fête son 44ᵉ anniversaire dans une ambiance paisible : pas de Première Guerre mondiale, pas de seconde non plus ! Bien sûr, les conflits sont nombreux à travers le monde, mais aucun n'a l'envergure de celui que nous avons connu. Quant à Hitler, il est resté un homme frustré et ignoré de tous.

À l'inverse, pas de guerres mondiales, donc pas d'Union européenne… Si certains États du Vieux Continent ont adopté la République, nombre d'entre eux sont toujours des monarchies et ne parviennent pas à s'entendre. Il y a bien eu quelques accords commerciaux, mais rien de comparable au traité de Bruxelles de 1948 qui, dans notre réalité, a donné naissance à l'Europe pour éviter de renouveler les tragédies des deux conflits meurtriers.

« Que se serait-il produit si Louis XIV avait mieux géré la crise et avait réussi à maintenir la monarchie ? »

Et si

TOUS LES GLACIERS FONDAIENT D'UN SEUL COUP ?

Aujourd'hui, la surface de la banquise n'a jamais été aussi réduite dans l'histoire de l'humanité et les climatologues n'en finissent plus d'alerter sur cette fonte des glaces. Mais que craignent-ils exactement ? Que se passerait-il si l'intégralité des glaciers et de la banquise présents sur Terre venait à disparaître instantanément ?

ADIEU OURS POLAIRES

Commençons par imaginer que tous les icebergs et toute la banquise du monde fondent d'un seul coup. Cela causerait-il une catastrophe environnementale aux conséquences effroyables ? Eh bien, pas du tout ! Car ces éléments sont constitués d'eau de mer gelée qui dérive tranquillement à la surface des flots. Et, selon le principe de la poussée d'Archimède, le volume de cette glace est égal au volume de l'eau de mer qu'elle déplace. C'est un peu comme lorsqu'on met un glaçon dans un verre d'eau : une fois le glaçon fondu, le niveau d'eau dans le verre n'augmente pas. De la même manière, le niveau de la mer resterait exactement le même. Le « seul » problème d'une fonte de la banquise concernerait donc la faune qui vit dessus : adieu ours polaires, renards arctiques et autres phoques ou manchots évoluant à ces latitudes.

NEW YORK SUBMERGÉ

Le véritable danger ne serait donc pas ces blocs d'eau de mer, mais… les glaciers de montagne et des calottes polaires, constitués de glace et de neige. Pour reprendre l'analogie du verre d'eau, cela reviendrait à faire fondre un gros glaçon au-dessus de son verre : au bout d'un moment, il déborderait. Voilà qui explique pourquoi le niveau de la mer, qui augmentait de moins d'1 mm par an depuis des milliers d'années, a grimpé lors des 20 dernières années de… 6 cm. Si les 30 millions de kilomètres cubes de glaciers venaient à fondre et se déversaient dans les mers, mieux vaudrait donc fuir le littoral illico presto ! Car le niveau des flots augmenterait de… 65 m ! Pour vous donner une idée de l'ampleur des dégâts, sachez qu'une augmentation d'1 m seulement suffirait à engloutir 70 % de la côte du Nigeria. Avec 65 m, certaines des villes les plus importantes du monde comme New York, Miami, Londres ou encore Buenos Aires se retrouveraient tout simplement complètement sous l'eau.

DES MILLIARDS DE RÉFUGIÉS CLIMATIQUES

En France, la péninsule bretonne ainsi qu'une grande partie du littoral seraient submergés, et la plupart des îles du monde seraient condamnées. Il resterait certes beaucoup de terres émergées, mais, avec 50 % de la population mondiale vivant à quelques kilomètres des côtes, on assisterait à de gigantesques exodes vers l'intérieur des continents. Déplacer et reloger ces milliards de réfugiés climatiques aurait un coût astronomique et impliquerait des adaptations violentes, comme une extension rapide des villes épargnées ou une urbanisation des campagnes en un temps record. Les premiers mois, un grand nombre de ces déplacés se retrouveraient à la rue ou dans des camps de fortune avant que des immeubles soient érigés. Les besoins de main-d'œuvre dans le bâtiment seraient très importants et offriraient beaucoup d'emplois, mais cela demeurerait largement insuffisant pour contenter tout le monde.

PÉNURIES D'EAU POTABLE

En outre, cette montée soudaine des océans risquerait de contaminer des réserves d'eau douce, avec de possibles infiltrations d'eau salée dans certaines nappes phréatiques. Dans plusieurs régions du monde, de grandes pénuries d'eau potable seraient donc à prévoir.

GUERRE DE CONVOITISE EN ANTARCTIQUE

En ce qui concerne les transports, l'absence de glace dans les mers du Nord permettrait de débloquer de nouvelles routes commerciales : il deviendrait plus facile de naviguer de l'Europe vers l'Asie, mais aussi d'atteindre l'Antarctique. Les ressources prisées du continent polaire, telles que le pétrole ou l'uranium, pourraient dès lors susciter une véritable guerre de convoitise entre les grandes puissances de la planète.

ACCÉLÉRATION DU RÉCHAUFFEMENT CLIMATIQUE

Au niveau du climat, dans un premier temps, la fonte des glaces ferait disparaître des courants marins, dont le Gulf Stream, qui permet à l'Europe occidentale d'avoir un climat tempéré. Les températures dans les pays concernés baisseraient donc… avant d'augmenter, ainsi que sur l'ensemble du globe. Car la glace, comme tout ce qui est blanc, a la propriété de réfléchir les rayons du Soleil, et ainsi d'apporter de la fraîcheur. Sans elle, notre bonne vieille Terre se réchaufferait à un rythme effréné, et pourrait bientôt avoir une température moyenne non plus de 15, mais de 26 °C ! Les zones les plus proches de l'équateur deviendraient carrément inhabitables.

DU TEMPS POUR AGIR… OU PAS

Si la fonte des glaces est donc un sujet pour le moins préoccupant, pour que l'intégralité des glaciers et des calottes polaires se déverse dans les océans, il faudrait en réalité… 5000 ans. Cela peut sembler beaucoup, mais d'ici 2100, les scientifiques estiment que le niveau de la mer aura déjà augmenté de 2 m. Alors, serons-nous capables d'inverser la tendance ou, dans quelques millénaires, les grands plateaux glacés ne seront-ils rien de plus qu'un souvenir évaporé ?

« Adieu ours polaires, renards arctiques et autres phoques ou manchots évoluant à ces latitudes. »

« Les citadins s'exilent en masse vers les campagnes, où l'agriculture locale s'est développée. »

Et si

TOUT LE PÉTROLE DISPARAISSAIT SUBITEMENT ?

Essence, plastique, bitume, cosmétiques, engrais, pesticides... Aujourd'hui, le pétrole et ses dérivés sont partout. Depuis sa découverte il y a 150 ans, les humains ont consommé 1 000 milliards de litres du précieux liquide. Nos réserves en contiennent à peu près autant. Mais si, en fait, il n'en restait plus du tout ? Notre société si dépendante de l'or noir pourrait-elle s'en remettre ?

APRÈS 1 JOUR

Les grandes compagnies pétrolières s'affoleraient, à mesure que ce qu'elles pensaient être un cas isolé s'avérerait une situation généralisée : toutes les réserves de pétrole du globe, vides. Immédiatement, elles alerteraient les gouvernements du monde entier. Pour nos dirigeants, l'effroi prédominerait : cette éventualité n'a pas du tout été étudiée, aucun plan n'a été prévu...

APRÈS 2 JOURS

Alors que des rumeurs circuleraient sur la disparition du pétrole, sans trop affoler une population incrédule, un événement créerait la panique : la Norvège, 14e pays producteur de pétrole, annoncerait officiellement que ses réserves sont épuisées. Déjà, de nombreuses entreprises auraient été dans l'obligation de stopper leurs activités et la plupart des vols annulés. D'ailleurs, les personnes coincées loin de chez elles auraient bien du mal à retrouver leurs foyers : les trains seraient saturés. En même temps, avec 97 % de nos transports dépendant du pétrole, il fallait s'y attendre...

APRÈS 1 SEMAINE

Les stations-service seraient prises d'assaut. Et ce, malgré les prix exorbitants des carburants et les heures d'attente pour faire un plein. L'essence permettant aussi d'assurer la distribution des marchandises, les marchés de produits frais seraient contraints de fermer et, bientôt, les viandes et les légumes deviendraient introuvables dans les grandes villes. Partout dans le monde, les coupures d'électricité se multiplieraient, car beaucoup de centrales fonctionnent au charbon, d'ordinaire acheminé par des véhicules… à essence. Seuls les lieux alimentés avec des énergies renouvelables seraient relativement épargnés, à l'image de la petite île canarienne d'El Hierro, dépendant des éoliennes et dont les besoins en eau douce sont assurés par une centrale de traitement employant l'énergie verte. Mais s'équiper de telles infrastructures serait ardu sans pétrole, très utile à leur construction et à leur entretien.

APRÈS 1 MOIS

Les autorités prendraient les choses en main pour limiter les pénuries. Dans les grandes villes, on acheminerait les denrées alimentaires par train ou par convois spéciaux grâce à de l'essence réquisitionnée. Cette dernière serait dorénavant réservée aux besoins nationaux les plus vitaux, comme le transport de blessés ou de malades. Dans les hôpitaux, la fin du pétrole se ferait aussi sentir, puisque de nombreux médicaments en sont issus, tout comme des équipements tels que les gants ou les seringues.

Pour produire de l'énergie, tout reposerait désormais sur les centrales électriques. En France, elles fonctionnent surtout avec le nucléaire, mais dans d'autres pays, c'est le charbon qui opérerait un retour en force. Ainsi, même sans pétrole, l'humanité continuerait d'émettre des gaz à effet de serre.

APRÈS 6 MOIS

L'économie de l'Arabie saoudite s'effondrerait totalement. Et pour cause : le pétrole représente 90 % de ses revenus. Le Japon, qui importe plus de la moitié de sa nourriture, serait lui aussi dans une situation critique, car le manque de carburant bloquerait ses importations.

Les agriculteurs du monde entier seraient mobilisés pour faire pousser des plantes destinées aux biocarburants, en particulier du maïs. Mais leur production resterait insuffisante, au vu des quantités astronomiques nécessaires : 200 kg de maïs pour faire un plein. D'autres agriculteurs se convertiraient à la permaculture, qui permet une culture intensive mais respectueuse des écosystèmes.

En ville, les conditions de vie se dégraderaient : la nourriture deviendrait rare, les déchets s'entasseraient et, là où l'électricité est intermittente, la délinquance ferait rage. Dans ces conditions, les citadins s'exileraient en masse vers les campagnes, où l'agriculture locale se serait développée. Il y serait plus facile d'être autonome en alimentation, mais aussi en énergie, en s'équipant de panneaux solaires ou d'éoliennes.

APRÈS 1 AN

Des famines séviraient aux quatre coins du globe. Les morts se compteraient en centaines de millions. La permaculture, désormais largement utilisée, ne permettrait cependant pas d'alimenter toute une population. Les petits malins ayant fait leur propre stock de carburant déchanteraient, car l'essence n'est pas conçue pour la longue conservation. En revanche, l'huile deviendrait précieuse, car elle est compatible avec… certains moteurs ! Mais un autre substitut pourrait être prometteur : le carburant issu des algues.

APRÈS 10 ANS

Nos modes de vie redeviendraient assez proches de ceux de nos ancêtres du début du siècle dernier. La matière première végétale serait à présent la ressource principale de l'humanité. Nos rêves de conquête de l'espace seraient partis en fumée. Des villes entières auraient été abandonnées, et la nature commencerait à y reprendre ses droits.

« Des villes entières auraient été abandonnées, et la nature commencerait à y reprendre ses droits. »

Fin de la Terre
300m
« Et si la Terre était un disque plat et non une boule ? »

Et si
LA TERRE ÉTAIT UN DISQUE PLAT ?

Aujourd'hui, pas moins de 16 % de la population américaine serait convaincue que la Terre est plate. Selon ces « platistes », notre planète ne serait pas une boule, mais plutôt un disque sur lequel s'étendrait une sorte de planisphère des continents, avec en son centre le pôle Nord. Si tel était vraiment le cas, que se passerait-il ? Quels seraient les principaux changements par rapport à la vie que nous connaissons ?

LUTTE PERMANENTE CONTRE LA GRAVITÉ

La première différence majeure que rencontreraient les habitants d'une Terre plate concerne la force de gravitation. Sur notre planète ronde, c'est elle qui attire tous les éléments de façon équitable vers son noyau – lui donnant justement son allure de sphère – et nous empêche de nous envoler. Sur une planète-disque, la gravité serait d'une part bien plus faible, car il y aurait beaucoup moins de matière, et d'autre part elle exercerait sa force de manière variable selon notre position, puisqu'elle agirait désormais à la surface, depuis le centre du disque. Ainsi, plus vous vous éloigneriez de ce point central, plus vous lutteriez contre elle en sentant en permanence une force invisible vous tirer en arrière, un peu comme lorsque vous grimpez une montagne. Le moindre déplacement au coin de la rue pour aller chercher du pain vous coûterait un effort considérable ! À l'inverse, plus vous vous approcheriez du centre, plus vous avanceriez facilement et votre vitesse augmenterait.

Pour finir le tour de disque, si vous parveniez tant bien que mal à franchir l'Antarctique, surnommé ici le « mur de glace », vous arriveriez sur la tranche de la Terre et, comme par magie, vous retrouveriez instantanément vos capacités de marche normale. La force de gravitation, située dans ce cas au centre de la tranche, vous ferait tenir debout même à « l'horizontale ».

FORÊTS VERTICALES ET OCÉAN EN BOULE

Sur une surface ronde, les arbres sont droits – ou à peu près –, car ils poussent dans le sens opposé au centre de gravité. Sur une planète plate, tous les végétaux auraient une inclinaison différente selon leur distance par rapport au centre : plus ils en seraient éloignés, plus ils pencheraient. Ainsi, dans les régions proches des extrémités de la Terre, les forêts seraient presque horizontales, avec des arbres quasiment couchés au sol !

Les pratiques récréatives donneraient, elles aussi, des résultats amusants : lancez une balle parfaitement droit en l'air et elle n'atterrirait pas dans vos mains, mais quelques pas en avant ou en arrière selon que vous soyez de face ou de dos par rapport au centre de la Terre…

8 MILLIARDS D'HUMAINS AU MÊME ENDROIT

Autre conséquence de la force gravitationnelle : il n'y aurait plus qu'un seul océan, situé autour du centre du disque, qui ressemblerait à… une grosse boule. Et sur les côtés, ce serait le désert. En outre, la gravité entraînerait également tout l'oxygène vers son point central, ce qui priverait d'air les habitants des bords de la Terre. Avant d'emménager vers ces zones décidément peu commodes, mieux vaudrait investir dans des bonbonnes d'oxygène !

Le plus simple serait de rejoindre la région centrale, mais celle-ci risquerait vite d'être surpeuplée. Imaginez un peu que les 8 milliards d'êtres humains aient la même idée et se retrouvent au même endroit…

DISPARITION DES SAISONS ET DES NUITS

En suivant toujours le point de vue des platistes, ce n'est plus la Terre qui tournerait autour du Soleil, mais l'inverse : celui-ci se trouverait seulement 5 000 km au-dessus de nos têtes et ne mesurerait plus que 52 km de diamètre. Or, dans cette configuration, il offrirait un éclat similaire toute l'année – terme qui n'aurait d'ailleurs plus de sens – et les mois se ressembleraient tous, avec une saison unique. En outre, à cette distance, il ne disparaîtrait jamais et risquerait d'éblouir tous les pays en permanence, brisant la notion de cycle jour/nuit.

AU REVOIR LES GPS

Dans ce monde platiste, les Terriens s'orienteraient toujours grâce aux bonnes vieilles cartes débordant de la boîte à gants, car il serait formellement impossible de se faire guider par des GPS. En effet, ceux-ci fonctionnent à l'aide des satellites qui flottent en orbite autour de la Terre, or, avec une planète plate, plus d'orbite. Il faudrait donc dire adieu à Google Maps et Waze, mais aussi à la télévision par satellite, aux prévisions météo avancées ou encore à la connexion Internet au fin fond de la pampa grâce à Starlink.

QUID DE LA FACE CACHÉE ?

Finalement, cet aperçu de ce que pourrait être une Terre plate met en lumière ce qui rend notre planète habitable et agréable : sa rondeur. Mais il y a un aspect que les platistes ont peut-être oublié : si la Terre était un disque plat, cela impliquerait un recto mais aussi… un verso ! Autrement dit, une face « cachée » sous celle que nous habiterions. Dès lors, d'autres questions se posent : cette surface serait-elle habitable ? Pourrait-on facilement passer d'une face à l'autre ? Et surtout, pourrait-elle abriter une autre civilisation que la nôtre ?

« Quid de la face cachée ? »

Et si

PERSONNE NE NAISSAIT PENDANT 50 ANS ?

Paradoxalement, si la population mondiale ne cesse de grimper, le taux de fécondité est quant à lui passé de 2,7 à 2,2 enfants par femme depuis le début du XXIe siècle. Imaginons que ce taux continue de baisser jusqu'à zéro, et qu'aucune naissance n'ait lieu sur Terre pendant 50 ans… L'humanité pourrait-elle s'en relever ?

LES PREMIERS TEMPS

Alors que les femmes déjà enceintes poursuivraient leur grossesse jusqu'à leur terme, les gynécologues et les cabinets d'échographie se rendraient compte au bout de quelques semaines que leur fréquentation diminue. Rien d'alarmant à ce stade, mais l'information serait relayée par les médias, qui évoqueraient une anomalie sans doute passagère.

LES MOIS SUIVANTS

Après plusieurs mois, cet étrange phénomène de stérilité deviendrait inquiétant. D'autant qu'il s'avère mondial et que les scientifiques découvriraient qu'il concerne aussi bien les hommes que les femmes. En constatant que, à terme, les naissances risqueraient de totalement s'arrêter, les gouvernements restreindraient les conditions à l'IVG, une mesure qui ne ferait pas l'unanimité et susciterait des réactions parfois violentes.

APRÈS 1 AN

Une fois les derniers bébés humains nés, des métiers liés aux nourrissons disparaîtraient, à l'image des sages-femmes. Les services des cliniques se videraient pour ne plus se remplir. Heureusement, le vaste champ de la santé offrirait aux professionnels une reconversion dans la puériculture. Mais ce ne pourrait être qu'une solution temporaire : il apparaîtrait désormais évident que les générations ont cessé de se renouveler. Prudents, les scientifiques auraient pris soin de prélever des cellules souches aux derniers-nés pendant leur développement dans le ventre de leur mère. Dans ces conditions exceptionnelles, les limites de la bioéthique, la « morale de la médecine », se verraient repoussées pour permettre d'accélérer les recherches. Les demandes de fécondation *in vitro* croîtraient de manière exponentielle, mais, malgré tous leurs efforts, les médecins se montreraient incapables d'en réussir une seule. Parallèlement, des campagnes de prévention insisteraient sur l'importance de maintenir l'usage du préservatif : si les femmes ne tombent plus enceintes, les IST, elles, se propageraient toujours.

APRÈS 10 ANS

En une décennie, toutes les crèches et les écoles maternelles ont fermé, comme bientôt les écoles primaires. De nombreux secteurs se retrouveraient en crise, au premier rang desquels l'enseignement, puisque les instituteurs n'auraient plus de raison d'être. Quant aux jouets et vêtements pour bébés, ils ne seraient tout simplement plus produits. La population française passerait de 68 à 62 millions d'individus, soit à peu près le même nombre qu'en 2003.

APRÈS 20 ANS

Les derniers lycéens en auraient terminé avec l'enseignement secondaire. On laisserait à l'abandon la majorité des lycées, collèges et écoles. Certains seraient toutefois réhabilités en musées ou en centres d'activités. Les universités seraient encore fréquentées, mais leurs étudiants ne sauraient pas jusqu'à quel âge ils vont travailler : en prévision de la pénurie de jeune main-d'œuvre, le nouveau système de retraite imposerait aux seniors de continuer à travailler jusqu'à des âges très avancés.

Dans les petites villes, l'absence de nouvelle génération se ferait sentir, et certains villages disparaîtraient d'ailleurs en même temps que leurs derniers habitants. Il en irait de même pour certains peuples isolés, comme les Inuits.

Dans la vie de tous les jours, le quotidien des couples aurait bien changé. Si certains en profiteraient pour se concentrer sur leur carrière professionnelle et développer des projets chronophages, d'autres noieraient leur déception de ne pas pouvoir fonder de famille dans la fête, faisant dès lors exploser le secteur du loisir.

APRÈS 40 ANS

Le dernier trentenaire atteindrait la quarantaine : il n'y aurait plus de « jeunes » dans le monde. Ainsi, les discothèques et les bars seraient fréquentés par des quinquagénaires. Les métiers requérant une grande force physique, comme la manutention et le bâtiment, subiraient d'importants bouleversements : les robots humanoïdes, dont le développement s'accélérerait, assisteraient désormais les travailleurs – quand ils ne les remplaceraient pas. Seulement, ces technologies extrêmement coûteuses ne seraient accessibles qu'aux pays occidentaux.

APRÈS 50 ANS

En France, la population aurait presque baissé de moitié pour revenir à niveau des années 1870. Mais, alors que l'humanité s'était résignée, une nouvelle incroyable parcourt le globe : une femme serait enceinte de plusieurs mois... Les scientifiques ont en effet mis les bouchées doubles pour trouver un remède à l'infertilité et, bientôt, les naissances se multiplient partout sur Terre. Près de 50 années sépareront donc cette nouvelle génération de la précédente, dans un monde où les humains sont à peine plus de 4,5 milliards. Un immense défi s'impose à ces nouveau-nés : lorsqu'ils atteindront l'âge de 20 ans, ils auront la responsabilité et l'avenir de l'humanité sur les épaules, avec bien peu d'anciens pour les aider...

« On laisserait à l'abandon la majorité des lycées, collèges et écoles. »

Et si

TOUTE L'HUMANITÉ DEVENAIT VÉGÉTARIENNE ?

Selon l'Institut international d'étude de l'eau de Stockholm, la population aura tellement augmenté d'ici 2050 que nos ressources ne suffiront plus à son alimentation et qu'il faudra alors passer au régime… végétarien. En anticipant un peu les choses et en imaginant que ce passage ait lieu demain pour l'ensemble de l'humanité, qu'impliquerait-il ?

IMPACT SUR L'HUMANITÉ

N'en déplaise à ceux qui pensent ne pas pouvoir survivre sans leur saucisson ou leur entrecôte : oui, l'être humain peut parfaitement vivre en supprimant la viande de son alimentation. Nous ne sommes ni carnivores ni herbivores, mais omnivores, c'est-à-dire que nous pouvons consommer à la fois des animaux et des végétaux. Et ces derniers contiennent eux aussi la plupart des nutriments dont nous avons besoin. Manger de la viande n'est donc pas vraiment une question de survie, mais plutôt un luxe que nous nous sommes octroyé au fil des siècles. S'il fallait du jour au lendemain se priver de viande, il s'agirait simplement d'apprendre à se nourrir en conséquence, en contrôlant davantage ce que nous mettons dans nos assiettes.

En revanche, cela constituerait un coup dur pour tous les gens qui vivent de l'exploitation animale. Et malgré les reconversions possibles en tant qu'agriculteur ou agent de reforestation pour ces milliers d'emplois perdus, il faudrait sans doute s'attendre, au moins dans un premier temps, à une hausse du chômage.

IMPACT SUR LA PLANÈTE

D'après le Worldwatch Institute, les émissions de gaz à effet de serre, principaux responsables du réchauffement climatique, proviendraient à 51 % de la filière de l'élevage, soit plus que toutes les autres sources réunies. Ce chiffre s'explique notamment par la production de méthane, ce gaz polluant tout aussi néfaste que le CO_2, lors du processus de digestion des animaux,

« D'ici 2050, il faudra que nous passions au régime… végétarien. »

Vol VG1605
Destination
Liberté
ement en cours
Vegetarian
Airlines
« Des millions de bœufs, de poulets et de moutons se retrouveraient livrés à eux-mêmes ! »

mais également par le transport d'aliments réservés à leur alimentation ou encore par la nécessaire déforestation pour obtenir des pâturages et des cultures qui leur sont destinées. À en croire ces estimations, un monde sans viande serait ainsi débarrassé de plus de la moitié de ces gaz à effet de serre, ce qui constituerait un pas de géant dans la lutte contre le changement climatique.

Pour le reste, tout l'espace dévolu aux pâturages serait, de fait, inutile. Et il ne s'agit pas là d'une petite prairie : 33 millions de kilomètres carrés sont aujourd'hui occupés par des animaux d'élevage, soit presque la taille de... l'Afrique ! Mais ces terres, transformées par les ruminants, sont devenues très sèches. À moins d'employer des produits chimiques, la majorité d'entre elles seraient impropres à l'agriculture et certaines risqueraient même de se métamorphoser... en déserts.

Pas de panique toutefois, nous ne manquerions pas de champs pour nos cultures : puisque 70 % des terres agricoles mondiales servent actuellement à nourrir les animaux, nous en aurions même trop ! Pour nous nourrir, il nous suffirait d'en récupérer 20 %, soit la surface de l'Union européenne. Les 80 % de terres restants, qui correspondraient à la taille de la Russie, pourraient être laissés à la nature, reboisés ou repeuplés d'espèces en voie de disparition.

Enfin, un monde sans viande résoudrait un autre problème : la pénurie d'eau potable. Entre l'arrosage de l'herbe ou de céréales et l'abreuvage des animaux, produire un kilo de viande requiert en effet 15 000 l d'eau, contre 900 l pour faire pousser un kilo de soja, qui contient autant de protéines.

IMPACT SUR LES ANIMAUX

En ce qui concerne les animaux eux-mêmes, ce nouveau mode de consommation permettrait d'en sauver des... milliards. Selon la FAO (Organisation des Nations unies pour l'agriculture et l'élevage), pas moins de 60 milliards d'animaux terrestres sont abattus chaque année, soit huit fois le nombre d'humains. Quant aux animaux marins, ils sont 15 fois plus nombreux : 1000 milliards.

Évidemment, si le végétarisme global était décrété du jour au lendemain, relâcher en même temps tout le bétail d'élevage provoquerait des bouleversements sans précédent. Des millions de bœufs, de poulets et de moutons se retrouveraient livrés à eux-mêmes, après des générations passées à la ferme. Inadaptés à la vie dans la nature, la plupart d'entre eux se rassembleraient en troupeaux, mais certaines espèces en viendraient irrémédiablement à disparaître. En revanche, les prédateurs seraient sans doute de plus en plus nombreux, avec toutes ces nouvelles proies à leur disposition. Dans les campagnes, nous croiserions donc aussi bien des cochons que des loups !

Mais il est plus probable qu'au lieu de libérer tout le bétail, il soit simplement décidé de... manger les derniers animaux d'élevage en vie.

UN CHANGEMENT NÉCESSAIRE ?

Si toute l'humanité devenait végétarienne, cela profiterait donc à coup sûr à notre planète, malgré quelques inévitables revers avec lesquels il faudrait composer. Après des décennies de lobbying érigeant la viande au rang de nourriture supérieure, revenir à un mode d'alimentation plus respectueux prendrait peut-être autant de temps. Mais ce retour se ferait-il avec violence ou en douceur ?

Et si
LES DRAGONS (RE)VENAIENT SUR TERRE ?

Considéré aujourd'hui comme un animal mythique, le dragon a pourtant l'étrange spécificité d'apparaître dans plusieurs folklores très différents, de la Scandinavie à la Chine en passant par l'Europe occidentale... Dès lors, pourquoi ne pas imaginer que les dragons ont réellement sévi en des temps reculés et que, en hibernation depuis des siècles, ils s'éveillent soudain ? L'humanité serait-elle armée pour faire face à leur colère de feu ?

PRÉMICES

Dans les campagnes aux quatre coins du globe, des villages seraient mystérieusement rayés de la carte. En l'espace d'une nuit, ils seraient transformés en un tas de cendres... Terrifiés, les rares survivants livreraient des témoignages décousus, évoquant une créature capable de cracher du feu et de semer la désolation. Tout le monde aurait sa petite idée sur la créature en question, mais personne ne voudrait y croire. Jusqu'à ce qu'une vidéo virale filmée avec un smartphone mette fin à toute ambiguïté : pas de doute, l'auteur de ces feux dévastateurs n'est autre qu'un... dragon.

Comme dans notre imaginaire, ce dernier est long comme un bus, capable de cracher des flammes et de voler sans la moindre difficulté. Ses écailles, semblables à celles des crocodiles, sont très épaisses et paraissent pouvoir résister aux armes médiévales. Côté cervelle, malgré sa taille, il n'est guère plus intelligent qu'un gros lézard.

Les dragons n'attaqueraient heureusement que de nuit et se retireraient dans leur repaire pendant la journée afin de se reposer. Mais ils seraient imprévisibles et pourraient sévir n'importe où dans un rayon d'une centaine de kilomètres. Dès lors, une vingtaine de dragons seraient suffisants pour menacer la France entière. Autrement dit, personne ne serait à l'abri, et l'armée ne pourrait assurer la protection de toute la population.

RÉACTION DES HUMAINS

Une fois la stupéfaction passée, les gouvernements s'organiseraient pour répondre à la menace. Les États disposant de défenses antiaériennes les placeraient sur l'ensemble de leur territoire, en particulier autour des grandes villes. Celles-ci connaîtraient d'ailleurs un afflux important de population, les habitants des campagnes s'y sentant bien plus en sécurité. Rapidement, on réquisitionnerait l'armée de l'air, qui deviendrait la première force à affronter des dragons. En France, nous serions plutôt bien lotis avec plus de 250 avions de chasse dont la moitié de Rafale. Avec leur cadence de tir et leurs missiles autoguidés capables d'atteindre une vitesse supersonique, ils ne plairaient pas trop à nos gros lézards. Ainsi, la chasse au dragon deviendrait plus un sport qu'une véritable mission à risque pour les pilotes aguerris.

Malgré l'interdiction faite aux civils d'approcher un cadavre de dragon, réservé à un usage scientifique, les dépouilles seraient l'objet de pillages, alimentant un trafic d'objets liés aux dragons : cornes, yeux, écailles et griffes se vendraient à prix d'or. On leur prêterait d'étranges vertus, un peu comme les cornes de rhinocéros censées renforcer la virilité. Certains restaurants se targueraient même de servir des plats à base de viande de dragon, tandis que des musées enrichiraient leurs collections d'authentiques squelettes de dragon.

Peu à peu, les dangereuses créatures volantes finiraient par éviter soigneusement les lieux où ont été installées les défenses aériennes, préférant les endroits isolés où les proies sont plus vulnérables. Si le nombre de victimes demeurerait non négligeable, les ravages ne seraient plus aussi importants que lors des premières attaques.

DU PRÉDATEUR À LA PROIE

Alors que la chasse au dragon battrait son plein partout dans le monde, la Russie réussirait l'exploit de capturer un dragon vivant. L'animal pourrait-il être domestiqué ? Si le dressage d'un dragon sauvage est une première, des tentatives d'élever un bébé ont déjà été menées, à l'époque où l'armée organisait des opérations spéciales pour limiter le nombre de spécimens. Après avoir repéré grâce à des drones l'emplacement de leurs tanières, les militaires attendaient le départ des bêtes pour subtiliser leurs œufs. Ceux-ci étaient conservés dans des couveuses et, au bout de plusieurs tentatives, les scientifiques ont réussi à en faire éclore.

Une fois « domestiqué », le dragon se comporterait comme n'importe quel animal : il resterait calme si personne ne l'embête. Mais la cohabitation avec un dragon n'est pas sans risques, et les faits divers en témoigneraient : la demeure d'un richissime Qatari serait retrouvée totalement calcinée, tout comme son propriétaire, qui avait déboursé 1 milliard de dollars pour s'offrir son dragon sur le marché noir.

MOUVEMENTS DE LIBÉRATION

Ainsi, l'apparition soudaine des dragons ne serait pas aussi catastrophique que ce que l'on pourrait redouter. Après la vague d'attaques sur les villages et les nombreuses victimes de leur feu destructeur, les dragons paieraient le prix fort et passeraient vite du statut de prédateurs à celui de proies, pour finir comme de vulgaires bêtes de foire. Une situation loin de faire l'unanimité, comme le montreraient les nombreux mouvements militant pour leur libération et tentant, avec un certain succès, de les faire évader…

00:00:03

« La chasse au dragon deviendrait plus un sport qu'une véritable mission à risque. »

« La plupart des systèmes planétaires ont deux étoiles. »

Et si
LA TERRE AVAIT DEUX SOLEILS ?

En représentant deux soleils sur Tatooine, la planète de Luke Skywalker dans le premier opus de *Star Wars* (1977), George Lucas avait vu juste : la plupart des systèmes planétaires ont, eux aussi, deux étoiles qui se tournent autour. Le cas de notre système solaire est en réalité très rare. En partant de ce constat, imaginons que nous ayons toujours eu deux soleils… Comment cet événement serait-il arrivé ? Quel aurait été le climat sur Terre ? Et surtout, la vie aurait-elle pu seulement s'y développer ?

LA CARBONISATION OU L'ERRANCE DANS L'ESPACE

Nous sommes il y a 4,5 milliards d'années. La Terre vient tout juste de prendre forme dans un système solaire binaire, c'est-à-dire avec deux étoiles qui se tournent autour mutuellement. Déjà, pour que notre planète puisse orbiter autour d'au moins l'un des deux soleils, il faudrait compter sur… la chance. Si les deux étoiles sont trop massives, par exemple à 85 % de la masse de notre Soleil actuel, la force gravitationnelle des deux astres risquerait d'attirer jusqu'à eux la Terre, qui se ferait carboniser. Au contraire, si elles sont trop petites, il se produirait l'inverse : la force de gravité totale des soleils ne parviendrait pas à attirer dans leur direction notre planète, qui deviendrait une « rogue planet », ou planète errante – un amas de roche qui vogue dans l'espace.

PLUSIEURS PLANÈTES EN ROUE LIBRE

Et cela ne serait pas un problème juste pour nous : rappelons que le système solaire compte huit planètes, sans parler des autres corps célestes qui y évoluent, comme les planètes naines ou encore la ceinture d'astéroïdes. D'ailleurs, dans notre réalité, le Soleil est l'astre avec la plus grande force gravitationnelle de notre système. Donc si à la création de nos deux petites étoiles, leur taille et leur masse n'étaient pas assez fortes pour la Terre, les autres planètes rocheuses du système solaire seraient également hors de contrôle, dérivant dans le vide interstellaire sans attache à leur étoile ! En ce qui concerne leurs homologues gazeuses, ce serait une autre affaire : pour former une étoile et des planètes dites gazeuses, il doit y avoir un gros nuage de gaz s'effondrant sur lui-même. Si les deux soleils formés dans le système solaire se révélaient être assez peu massifs, cela voudrait dire que le nuage de gaz aurait été insuffisant pour produire de plus grandes étoiles. Par conséquent, Jupiter ou encore Saturne, étant nées grâce à la récupération du gaz restant, auraient probablement été beaucoup plus petites.

EXPOSITION FATALE AUX ULTRAVIOLETS ET AUTRES RAYONS SOLAIRES

Un autre scénario peu enviable pourrait avoir lieu : celui d'un grand éloignement entre les deux soleils. Si tel était le cas, la Terre serait probablement dans l'orbite d'une seule des étoiles et parviendrait, tôt ou tard, à une distance très rapprochée de la seconde. Nous l'avons vu, cette situation signerait l'arrêt de mort de notre planète et de ses habitants. Par ailleurs, si par miracle nous restions à une distance respectable du second astre, le moment où la Terre se retrouverait entre les deux soleils l'exposerait à des rayons UV et à des vents solaires qui pourraient nous être fatals. Sans même parler de l'absence de nuit durant une période prolongée.

RÊVER DE LA « ZONE D'HABITABILITÉ »

Il existe pourtant bien un cas de figure où la Terre ne finirait ni en freestyle dans l'espace ni carbonisée. En effet, si nos deux étoiles avaient la masse et le diamètre d'une naine jaune, et qu'elles se trouvaient à une distance assez proche l'une de l'autre, elles pourraient alors tourner l'une autour de l'autre et la Terre aurait la possibilité d'entamer une orbite autour des deux astres simultanément. L'important serait ensuite de se trouver dans la « zone habitable », c'est-à-dire à une distance des soleils où il ne ferait ni trop froid, ni trop chaud. Cela est notamment crucial pour que l'eau puisse exister sous forme liquide, comme sur notre bonne vieille Terre. Ainsi, dans notre dimension, la planète bleue se trouve à environ 150 millions de kilomètres du Soleil, ce qui lui permet d'obtenir une température moyenne de 15 °C, favorable au développement de la vie.

DEUX OMBRES AUX TEINTES FÉERIQUES

Dans un système solaire binaire, nous verrions très souvent deux étoiles dans le ciel. Nous pourrions en outre assister à deux levers et à deux couchers de soleil chaque jour. De plus, quand les deux astres seraient levés, nous aurions deux ombres. Imaginons également que les deux astres n'aient pas la même couleur : le soleil le plus froid aurait une couleur bleue, et celui qui serait le plus chaud revêtirait une belle couleur rouge. Le croisement entre les deux ombres de différentes teintes pourrait donner un mélange de couleurs absolument sublime. Ainsi, une fois les conditions de vie adéquates à une telle configuration obtenues, l'existence avec deux soleils pourrait être très agréable. En revanche, si demain une autre étoile venait s'incruster dans notre système solaire, pensez-vous que ce serait… la fin du monde ?

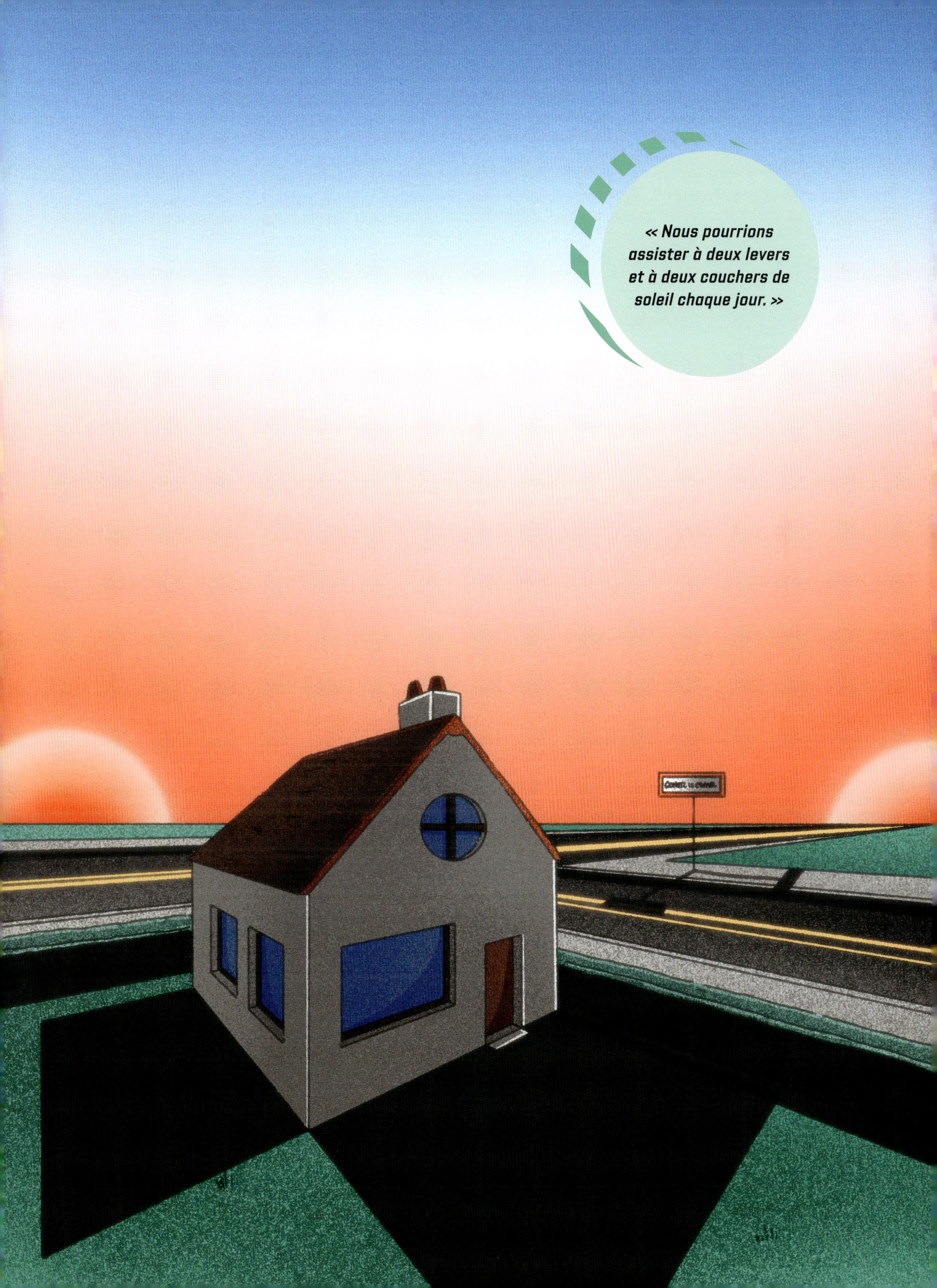
« Nous pourrions assister à deux levers et à deux couchers de soleil chaque jour. »

Et si
ON CREUSAIT JUSQU'AU CENTRE DE LA TERRE ?

Les poissons à l'habitat le plus profond évoluent à environ 6000 m sous le niveau de la mer. C'est à la fois beaucoup et très peu par rapport au rayon de notre planète. Pour atteindre le centre de la Terre, il faudrait en effet creuser... 1000 fois plus profond ! Admettons que nous ayons la technologie pour le faire... Que trouverions-nous sur notre chemin ?

Commençons à creuser : 2 m, c'est la profondeur moyenne d'une tombe. À 6 m, nous serions au niveau le plus bas où peuvent descendre les vers de terre. À 20 m, nous nous tiendrions à la profondeur maximale des catacombes de Paris. Jusqu'à présent, la densité du sol nous permettrait facilement de creuser. Pour être précis, nous serions dans la lithosphère, la première strate qui compose la couche extérieure de notre planète.

2 196 M : LA PLUS PROFONDE CAVITÉ NATURELLE

À présent, faisons une pause à 2196 m exactement. Ici s'établit le record de profondeur d'une cavité naturelle, dans le gouffre de Krubera-Voronja, en Russie. C'est en tout cas la profondeur à laquelle ont réussi à descendre les spéléologues.

Passé les 3900 m, nous serions au niveau de la plus profonde mine du monde, à Tau Tona, en Afrique du Sud. La température y avoisine 60 °C. Atteindre ces abysses nécessiterait naturellement des machines spécialisées, comme les foreuses.

À 11000 m, nous arriverions au niveau de la fosse des Mariannes, la plus profonde fosse océanique connue, située dans dans le nord-ouest de l'océan Pacifique.

12 262 M : LE TROU LE PLUS PROFOND JAMAIS CREUSÉ

À 12262 m, nous serions toujours dans la lithosphère, et plus précisément au niveau du trou le plus profond jamais creusé par l'être humain. Il s'agit d'un forage entrepris par la Russie entre 1970 et 1991, baptisé SG-3 Kola, situé dans l'oblast de Mourmansk, près de la frontière finlandaise et norvégienne. À moins que ce record n'ait été battu d'une centaine de mètres en 2011 lors d'un forage pétrolier sur l'île russe de Sakhaline, au nord du Japon ? Le manque de sources nous empêche d'être catégorique à ce sujet. Quoi qu'il en soit, le trou de Kola nous a appris beaucoup de choses, notamment la température des roches à cette profondeur : environ 180 °C ! Autrement dit, si un humain parvenait à s'y rendre, il serait tout simplement rôti.

ENTRE 100 ET 3 000 KM : MATIÈRE VISQUEUSE, SOLIDE, PUIS LIQUIDE

À 40 km de profondeur, nous arriverions au niveau de la discontinuité de Mohorovičić, c'est-à-dire l'endroit qui marque le passage de la croûte terrestre au manteau supérieur de la Terre. Là, la nature du sol change et la densité augmente.

À une centaine de kilomètres de profondeur (entre 70 et 150 km), nous passons de la lithosphère à l'asthénosphère, la partie la plus visqueuse de notre planète. La température y oscille entre les 1200 et les 1400 °C, faisant fondre le silicate qui la constitue. C'est sur cette couche que se déplacent les plaques tectoniques.

Enfin, au-delà de 350 km de profondeur, la densité des roches varie et l'asthénosphère redevient plus rigide, jusqu'à être complètement solide en approchant les 700 km. C'est à ce niveau que nous gagnerions le manteau inférieur, jusqu'à tomber sur la discontinuité de Gutenberg, qui marque la limite entre manteau terrestre et noyau de la Terre, à un peu moins de 3000 km de profondeur. Cette partie est majoritairement composée de fer et de nickel et elle est… liquide, phénomène lié à divers paramètres, comme la température, la densité et la pression.

L'ÉTUDE DE LA LAVE PAR LES GÉOLOGUES

Faisons un aparté : vous vous demandez sûrement comment on peut obtenir de telles informations sur cette partie de notre planète, pourtant jamais atteinte ? Les géologues ont mesuré les ondes sismiques dans les sols et reproduit en laboratoire les conditions de température et de pression sur des échantillons de roches pour observer leur comportement. En outre, on peut étudier directement le manteau terrestre lorsque ce dernier remonte à la surface lors d'une éruption volcanique, en prélevant des échantillons de lave en provenance des entrailles de la Terre. Enfin, les scientifiques peuvent analyser les montagnes, qui ne sont ni plus ni moins que des morceaux de manteau terrestre remontés à la surface lors des collisions entre plaques tectoniques.

5 000 KM : UN NOYAU SOLIDE PLUS CHAUD QUE LE SOLEIL

En dépassant les 5000 km de profondeur, nous arrivons dans l'endroit le plus ancien de notre planète : le noyau solide. Il s'agit d'une gigantesque boule ferreuse âgée de près d'un milliard d'années. Ici, la pression est immense : 3,5 millions atm (atmosphères). À titre de comparaison, la fosse des Mariannes, à 11 km sous le niveau de la mer, subit « seulement » 1100 atm. À l'intérieur du noyau, la température avoisine les 6000 °C, c'est-à-dire qu'il y fait plus chaud encore qu'à la surface du Soleil !

Toutefois, l'être humain n'aura sans doute jamais à se préoccuper de telles températures, puisqu'il est fort peu probable qu'il puisse un jour descendre à ces profondeurs. Notre espèce a réussi à se rendre sur la Lune, mais reste incapable d'atteindre le centre de sa propre planète !

« Admettons que nous ayons la technologie pour creuser jusqu'au centre de la Terre : que trouverions-nous sur notre chemin ? »

Et si
TOUS LES VOLCANS ENTRAIENT EN ÉRUPTION ?

L'histoire l'a démontré, les éruptions volcaniques peuvent être très dangereuses. Celle du Vésuve en l'an 79 a ainsi totalement enseveli la ville antique de Pompéi. Et il ne s'agissait là que d'un seul volcan, alors que la surface terrestre en compte 1 500 et les fonds marins... plus d'1 million. D'ailleurs, que se passerait-il si l'ensemble de ces volcans entraient en éruption... en même temps ?

PANIQUE ET FUITE

Habitant d'une petite ville de campagne située à quelques kilomètres d'un volcan actif, vous seriez réveillé un matin par un bruit sourd et régulier. Tout tremblerait autour de vous. En sortant, vous constateriez qu'au loin, une épaisse fumée grise s'élève du volcan. Vos voisins vous inviteraient alors à faire comme eux : quitter la ville en attendant d'en savoir plus. Heureusement pour vous, les éruptions de ce genre sont assez lentes et vous auriez largement le temps de faire vos valises, de prendre votre voiture et de partir vers la grande ville la plus proche. Sur la route, vous croiseriez des milliers de véhicules et comprendriez qu'il se passe quelque chose de grave. Arrivé dans la métropole, vous apprendriez que des centaines d'autres éruptions ont été observées dans le monde entier...

HIVER VOLCANIQUE

Après quelques heures, une épaisse fumée recouvrirait le ciel : l'air se chargerait de poussières et de cendres. Ce brouillard serait même si dense qu'il empêcherait les rayons du soleil de passer et toute la planète serait peu à peu plongée dans l'obscurité. Il faudrait s'y faire : cette brume ne devrait pas quitter notre atmosphère avant... une bonne dizaine d'années. Bientôt, des milliers de personnes mourraient d'asphyxie et d'arrêts respiratoires. Le bétail ne serait pas épargné par la contamination de l'air et, sans la photosynthèse, les cultures seraient, elles aussi, dévastées. D'importantes famines se déclareraient alors un peu partout. Enfin, les cendres qui flotteraient dans l'air en continu pesant assez lourd, elles détruiraient les bâtiments trop fragiles et les toits des habitations.

NUÉES ARDENTES

Un peu plus tard, d'énormes nuages noirs se déverseraient des cratères et ravageraient tout ce qu'ils rencontrent sur plusieurs dizaines de kilomètres. Il s'agit de nuées ardentes, composées de gaz toxiques, de cendres brûlantes et de blocs de pierre volcanique pouvant atteindre la taille d'une maison. Leur température peut parfois avoisiner les... 500 °C. Et certaines de ces nuées sont précédées d'une onde de choc dévastatrice. Autant dire que peu de gens oseraient s'aventurer dans les parages. Mais impossible de fuir vers le littoral : les tsunamis phénoménaux provoqués par les ondes de choc et les séismes anéantiraient les villes côtières et ne vous laisseraient aucune chance.

« La température des nuées ardentes peut atteindre les... 500 °C ! »

« Seuls quelques organismes incroyablement résistants, comme les tardigrades, maintiendraient la vie sur Terre. »

PLUIES ACIDES

Bientôt, vous verriez tomber la pluie. Mieux vaudrait ne pas l'utiliser pour arroser vos plantes ou, pire encore, essayer de la boire : il s'agit d'une pluie acide qui détruit les végétaux et pénètre dans les sols jusqu'aux nappes phréatiques, contaminant lacs, mers et océans. De fait, les gaz toxiques qui se sont échappés des volcans se condensent dans l'atmosphère et retombent sous forme de gouttes. À cause de ces pluies, la biodiversité marine serait mise en péril à certains endroits de la planète, les arbres et les forêts se dessécheraient et, au fil des années, toute la vie animale s'éteindrait.

RÉCHAUFFEMENT CLIMATIQUE ACCÉLÉRÉ

Si vous aviez survécu jusqu'ici, rien ne dit que vous vous en sortiriez... À cause du nuage de cendres empêchant les rayons du soleil d'atteindre la Terre, la température baisserait radicalement. Il faudrait donc résister au froid avant de... survivre au chaud ! Au bout de quelques années, le dioxyde de carbone expulsé en masse à la surface du globe réchaufferait en effet progressivement la planète. Mais ce ne serait pas une bonne nouvelle pour autant : outre les conséquences du changement climatique que nous connaissons, qui seraient alors décuplées, l'air chargé de cendres et de gaz carbonique deviendrait irrespirable. Et tôt au tard, il vous empoisonnerait.

EXTINCTION DE MASSE

Dans cet immense désert de cendres que serait devenue la Terre plusieurs années après l'apocalypse volcanique, il ne resterait plus grand monde. Le nombre de victimes serait même assez important pour parler d'extinction de masse. La plupart des espèces végétales ou animales auraient disparu, tout comme l'humanité. Seuls quelques organismes incroyablement résistants, comme les tardigrades, seraient en mesure d'apprécier ces nouveaux environnements et maintiendraient la vie sur Terre.

QUITTER LA TERRE POUR ÉCHAPPER AU DRAME ?

Si pareille catastrophe venait à se produire dans notre réalité, l'unique chance de survie serait peut-être de fuir... dans l'espace. Il faudrait alors disposer d'un gigantesque vaisseau spatial pour y faire entrer toute l'humanité et accumuler assez de ressources pour survivre en orbite autour de notre planète pendant des décennies, en attendant que l'atmosphère de la Terre soit à nouveau respirable. Sans cela, le règne de l'humanité pourrait bien prendre fin, comme celui des dinosaures il y a 66 millions d'années...

Et si
TOUTE L'HUMANITÉ CRIAIT EN MÊME TEMPS ?

Certes, entendre 8 milliards de personnes crier en même temps a, fort heureusement, peu de chances d'arriver. Mais si cela se produisait malgré tout, quelles seraient les conséquences ? Que se passerait-il exactement si l'humanité entière criait d'une seule voix, depuis le même endroit ?

LA MESURE DU BRUIT

Avant d'entrer dans le vif du sujet, intéressons-nous à l'unité de mesure du bruit : le décibel. Pour vous donner une idée, un murmure équivaut à 20 dB, une discussion dans un restaurant animé se situe autour de 60 dB et un cri humain monte à 110 dB. Sachez aussi que la courbe des décibels n'est pas linéaire, mais exponentielle : 40 dB ne correspondent pas à un bruit deux fois plus fort que 20 dB, mais 100 fois plus fort. Cela vous semble compliqué ? C'est en réalité assez pratique, car cela permet de mesurer tout type de bruit sans avoir à manier des chiffres interminables. Apprenez enfin que, pour qu'une oreille humaine perçoive un son deux fois plus fort, il faut le multiplier par 10. Par exemple, si un aspirateur produit 70 dB, il ne suffira pas de faire marcher un second aspirateur pour avoir une impression d'un bruit deux fois plus fort, mais 10. Ainsi, le volume sonore grimperait à 80 dB.

208 DB PRODUITS

Revenons à présent à notre cri de l'humanité. Pour estimer le volume sonore d'un cri émis par 8 milliards de personnes, il suffit de partir du cri d'un humain, soit 110 dB, et de le multiplier par 8 milliards. En suivant ce mode de calcul, 10 humains émettent 120 dB, 100 humains 130, 1 000 humains 140… Et 8 milliards d'humains, réunis au même endroit, devraient en théorie produire environ 208 dB. En partant bien sûr du principe que tout le monde est capable de beugler comme un âne.

UN SON INHUMAIN

Au-delà de sa puissance, ce cri serait sans doute l'un des sons les plus terrifiants jamais entendus. C'est prouvé scientifiquement : un seul cri suffit, par l'addition des tonalités graves et aiguës, à provoquer un sentiment d'angoisse. Alors, imaginez 8 milliards de cris… En outre, ce bruit superposerait des voix graves d'hommes, des voix aiguës de femmes, et des voix très aiguës d'enfants et de bébés. Or, le film *L'Exorciste* nous l'a appris, la superposition de cris variés donne une voix dissonante maléfique… Paradoxalement, le cri de toute l'humanité ressemblerait donc à quelque chose de profondément… inhumain.

UNE ONDE DÉVASTATRICE

À présent, en sachant qu'un son diminue de 6 dB à chaque doublement de distance lorsqu'il provient d'un point unique, essayons d'imaginer les conséquences d'un tel cri. Dans un rayon de 5 m par rapport à l'épicentre du cri, le bruit émettrait au moins 196 dB et créerait une onde de choc. Celle-ci soufflerait tout autour d'elle, y compris les murs, et entraînerait chez les humains comme chez les animaux des hémorragies internes et l'implosion de plusieurs organes, provoquant la mort instantanée.

Dans un rayon de 200 m, soit la longueur de deux stades de football, le cri ferait au moins 160 dB si aucun obstacle ne vient l'amoindrir. Une puissance telle que vous en perdriez instantanément l'audition et subiriez de graves dommages physiques, comme des saignements, des nausées soudaines ou encore des évanouissements liés à la douleur.

DES RÉPERCUSSIONS JUSQU'À 1 000 KM

Dans un rayon de 20 km, le cri ferait au moins 120 dB. Bien qu'à cette distance, il ne soit plus dangereux pour la santé, le bruit serait très inconfortable et atteindrait le seuil de la douleur physique. Il serait aussi fort que celui d'une vuvuzela à 2 m pointée droit sur vous… À 60 km, le son descendrait à 110 dB, soit l'équivalent d'un seul humain criant à 1 m de vous. Enfin, à 1 000 km de sa source, le cri provoquerait un bruit d'une puissance semblable à celle d'une moto passant à 10 m. En supposant bien sûr, comme pour le reste, qu'aucun obstacle ne l'altère. Car à cette distance, la courbure de la Terre et les obstacles naturels, comme les montagnes, les forêts et les immeubles, absorberaient forcément le son.

L'ÉQUIVALENT DE 700 FUSÉES *ARIANE*

Pour tenter de se représenter le volume sonore d'un cri de toute l'humanité, prenons l'exemple des concerts de rock. Les plus bruyants d'entre eux peuvent émettre jusqu'à 128 dB, il en faudrait donc 100 millions pour atteindre nos 208 dB ! Quant aux fusées *Ariane*, dont les lancements produisent l'un des bruits les plus forts pour une technologie humaine, leur puissance sonore est estimée à 180 dB, soit… 700 fois moins que notre fameux cri de l'humanité.

Pour la petite histoire, sachez que le record du cri humain le plus fort est détenu depuis 2000 par l'Anglaise Jill Drake, avec un bruit mesuré à pas moins de 129 dB. Décoiffant !

« On part du principe que tout le monde est capable de beugler comme un âne. »

Et si
LES OCÉANS SE VOLATILISAIENT ?

C'est bien des océans que la vie est apparue sur Terre, il y a 3,8 milliards d'années. Mais ce que la nature a donné, la nature peut-elle le reprendre ? C'est en tout cas l'avis de certains météorologues, qui estiment que les océans, qui représentent aujourd'hui 1,338 milliard de kilomètres cubes, pourraient disparaître dans 1 milliard d'années. Si cela arrivait, quelles seraient les conséquences pour notre planète ?

DANGEREUX GROSSISSEMENT DU SOLEIL

Selon une étude de 2013 des experts du Laboratoire de météorologie dynamique, l'eau risque réellement de disparaître de la Terre d'ici 1 milliard d'années. En cause : le Soleil, dont la taille augmente chaque année et réchauffe ainsi notre planète. Ce phénomène pourrait avoir des conséquences terribles sur nos océans, car la température de l'eau, comme celle de toute la Terre, va peu à peu croître et les mers dégager de plus en plus de vapeur dans l'atmosphère. Or cette vapeur est un gaz à effet de serre et son relâchement devrait accélérer encore le réchauffement climatique, jusqu'à ce que les océans bouillent complètement et… s'évaporent. Mais rassurez-vous, il faudrait pour cela que la température moyenne de la planète atteigne 70 °C, et nous n'en sommes qu'à 15 °C…

EXPLORATION DES ABYSSES

Imaginons plutôt que, sans crier gare, toutes les eaux de la planète disparaissent en une nuit, comme si elles avaient été aspirées par une sorte de siphon cosmique. Habitant d'une côte océanique, vous vous réveilleriez un beau matin et ne sentiriez plus l'air vivifiant du large. Le spectacle serait ahurissant : l'océan se serait volatilisé, laissant place à un immense canyon parsemé çà et là d'algues. Et vous ne seriez pas le seul à être surpris, puisque l'eau représente plus de 70 % de la surface de la Terre. Dans un premier temps, la stupéfaction se mêlerait à une forme d'émerveillement : sans l'eau pour les recouvrir, tous les reliefs subaquatiques se dévoileraient, à l'image de ces superbes canyons de 4 km de haut – la profondeur moyenne des océans. Les abysses deviendraient accessibles au commun des mortels et les plus grandes failles feraient rêver les océanologues : la fosse des Mariannes, la plus profonde du monde avec ses 11 km de profondeur, pourrait ainsi révéler des secrets autrefois gardés par les eaux du Pacifique. La disparition des vastes étendues d'eau mettrait aussi au jour les plus grandes chaînes de montagnes au monde, les dorsales océaniques, qui s'étalent dans notre réalité sur plus de 60 000 km à plus de 2 000 m de profondeur.

DISPARITION DE LA FAUNE ET DE LA FLORE

Mais la Terre ne se remettrait pas aussi facilement d'un tel bouleversement. Les océans abritent tout de même 50 à 80 % des espèces vivantes connues. Ce tragique événement coûterait la vie à toute la faune aquatique. Et saviez-vous que les océans jouent un grand rôle dans la redistribution de l'énergie du Soleil sur la Terre ? La surface de l'eau agit comme un immense réflecteur des rayons solaires et absorbe également une partie de leur chaleur. Sans eux, la planète ne cesserait de se réchauffer et se transformerait en un désert très aride. Les plantes se faneraient et mourraient peu à peu à cause du manque d'eau. Quant aux animaux, ceux qui se nourrissaient d'espèces marines auraient du mal à s'alimenter, et ceux qui préféraient les plantes périraient probablement de faim et de soif. Les rares espèces animales qui subsisteraient seraient ravagées par la sécheresse et les très nombreux incendies qui se déclareraient sur les terres les plus chaudes achèveraient de réduire en cendres les derniers arbres.

PÉNURIE D'EAU ET D'OXYGÈNE

Par ailleurs, le manque d'oxygène deviendrait un véritable problème. De fait, le phytoplancton contenu dans les océans représente 60 à 80 % de l'oxygène produit sur la Terre. Le reste vient essentiellement des forêts, sauf que celles-ci finiraient par être brûlées ou desséchées. Sans océans ni forêts, l'oxygène disparaîtrait peu à peu.

Enfin, les mers et océans constituant 97 % de toute l'eau de la Terre, il ne nous en resterait que 3 % pour survivre, puisée dans les nappes phréatiques subsistantes ou les rivières encore fonctionnelles. Cette pénurie rendrait l'eau très onéreuse et serait susceptible de générer un violent trafic. Mais ces quelques réserves ne nous permettraient pas de tenir longtemps, puisqu'elles ne seraient plus alimentées par le cycle naturel de l'eau, lors duquel l'évaporation des océans redescend sur terre sous forme de pluie, forme les nappes phréatiques et entretient les rivières. Ainsi, malgré tous nos efforts, l'espèce humaine serait sans doute condamnée à disparaître.

TRANSFORMATION EN VÉNUS

Si cette tragédie avait lieu, la Terre ressemblerait à Vénus, qui autrefois abritait une grande quantité d'eau, vraisemblablement évaporée à cause d'un important effet de serre, transformant sa surface en une fournaise volcanique inhabitable. Selon une étude, si la même situation arrivait à la Terre d'ici 1 milliard d'années, la température pourrait atteindre les 1600 °C. Mais l'espèce humaine sera-t-elle encore là pour assister à la métamorphose de son paradis bleu en enfer de feu ?

« La pénurie d'eau rendrait l'eau très onéreuse et serait susceptible de générer un violent trafic. »

Et si
LA TERRE TOURNAIT 10 FOIS PLUS VITE ?

Personne ne s'en rend compte au quotidien, mais notre planète tourne sur elle-même à une vitesse impressionnante : 1 670 km/h au niveau de l'équateur. Mais quelles seraient les conséquences si la Terre tournait de plus en plus vite, jusqu'à atteindre 10 fois sa vitesse actuelle ?

DEUX FOIS PLUS VITE

Avec une vitesse deux fois plus élevée, une principale différence sauterait aux yeux : la nuit tomberait beaucoup plus vite. Avec des journées non plus de 24, mais de 12 heures, il y aurait environ 6 heures de jour et 6 heures de nuit. De quoi bouleverser notre horloge biologique, réglée sur un rythme de 24 heures depuis la nuit des temps. Tout d'abord, vous seriez sans doute très fatigué, comme « jet-lagué » en permanence. Les humains ne seraient évidemment pas la seule espèce perturbée : les animaux nocturnes, pour ne citer qu'eux, auraient ainsi deux fois moins de temps pour chasser leurs proies, car ils profiteraient de moins de pénombre.

Plus préoccupant, les vents aussi accéléreraient. À une latitude de 45°, comme à Lyon, les vents forts souffleraient en moyenne non plus à 37 km/h, mais à 74 km/h. Ce serait assez pour vous empêcher de marcher contre le vent, et pour casser des branches, voire des arbres entiers.

À ce stade, toutefois, il nous serait sûrement possible de nous adapter sans trop de mal.

QUATRE FOIS PLUS VITE

Si la Terre atteignait quatre fois sa vitesse de rotation actuelle, les choses commenceraient sérieusement à se compliquer. Les jours et les nuits alterneraient toutes les 3 heures, nous obligeant à adopter un sommeil polyphasique, c'est-à-dire une courte nuit de sommeil complétée par plusieurs petites siestes, comme le font les marins sur leurs bateaux.

« Personne ne s'en rend compte au quotidien, mais notre planète tourne sur elle-même à une vitesse impressionnante : 1670 km/h au niveau de l'équateur. »

La planète aussi changerait peu à peu : si sa forme sphérique est déjà imparfaite, elle s'aplatirait encore plus, avec des zones équatoriales étendues et des pôles qui s'écraseraient sous l'influence des forces centrifuges. Ainsi notre globe terrestre ressemblerait de plus en plus à une citrouille et de moins en moins à une orange.

Et si vous trouviez déjà les vents forts, préparez-vous à être secoué. Ces derniers souffleraient en moyenne à 150 km/h, soit l'équivalent des rafales d'un ouragan, et emporteraient les tuiles, les gouttières et les arbustes. La mer nous apparaîtrait blanche à cause de l'écume, l'air serait saturé d'embruns… Bref, nous serions confrontés à une perpétuelle petite catastrophe naturelle.

Autre détail d'importance : nous nous sentirions plus légers. Si nous pouvons garder sans difficulté nos deux pieds au sol malgré la rotation, c'est en effet parce que la gravité est plus puissante que la force centrifuge. Cette dernière gagnerait donc en intensité avec une rotation plus rapide, un peu comme quand vous vous sentez éjecté d'un tourniquet lorsqu'il va trop vite.

Un phénomène qui aurait des conséquences autrement plus graves au niveau des plaques tectoniques : celles-ci bougeraient bien davantage, entraînant des éruptions volcaniques, des tremblements de terre, et des tsunamis qui viendraient régulièrement s'écraser sur les côtes, rendant la plupart d'entre elles inhabitables.

10 FOIS PLUS VITE

Avec une vitesse multipliée par 10, soit 16 743 km/h à l'équateur, une journée ne durerait plus que 2 h 24, le jour et la nuit se relaieraient donc presque toutes les heures. Surtout, à cette vitesse extrême, la force centrifuge commencerait à franchement contrebalancer la gravité. À l'équateur, une personne de 72 kg ne pèserait plus que 47 kg… Moins soumis à la gravité, vous pourriez sauter beaucoup plus haut, mais pas d'inquiétude, vous ne vous envoleriez pour autant pas vers l'espace : pour cela, il faudrait que la Terre tourne 17 fois plus vite. En revanche, aux pôles, là où l'effet de rotation est le plus faible, vous ne verriez aucune différence avec votre poids actuel.

Pour le reste, les problèmes deviendraient insolubles. Les vents souffleraient constamment à 370 km/h. C'est plus que l'ouragan Irma, l'un des plus puissants que l'humanité ait connu ! Les habitations humaines seraient pulvérisées, les murs se soulèveraient dans les airs, les vagues mesureraient plus de 5 m… Quant à la croûte terrestre, elle ne se contenterait pas de nous faire subir des tremblements de terre : elle risquerait purement et simplement de s'ouvrir en de gigantesques failles, menaçant à chaque instant d'engloutir tout ce qui se trouve à sa surface. En clair, nous ferions face chaque jour à une immense catastrophe naturelle.

UNE PLANÈTE INVIVABLE ?

On pourrait aller plus loin en imaginant comment la vie se développerait sur une planète ravagée par les ouragans et les mouvements des océans. Car, en définitive, peu importe la façon dont nous faisons évoluer nos sociétés… nous ne sommes que bien peu de choses face à la force des éléments.

« Les habitations humaines seraient pulvérisées, les murs se soulèveraient dans les airs… »

Et si
LES MORTS REVENAIENT À LA VIE ?

De *La Nuit des morts-vivants* (1968) à *The Last of Us* (2023) en passant par *Simetierre* (2019) ou *The Walking Dead* (2010), le sujet des morts qui ressuscitent déchaîne toujours autant les passions. Sans aller jusqu'à décrire une énième invasion de zombies, imaginons que des morts pacifiques reviennent à la vie... Serions-nous seulement prêts à les accueillir ?

10 ANS DE MORTS ANNULÉES

Pour commencer, il s'agit de déterminer exactement qui reviendrait à la vie. Si nous ressuscitions tous les morts de l'histoire de l'humanité, la population mondiale atteindrait le total de... 115 milliards d'habitants. Et parmi eux, les « vivants » ne représenteraient plus que 6 %. Autrement dit, l'affaire serait vite pliée : ce serait l'apocalypse avec pénurie de nourriture, d'eau et d'espace, sans compter le choc des civilisations lié au télescopage de plusieurs époques très différentes. Pour s'éviter un scénario qui tournerait court, suivons plutôt le principe développé dans le film *Les Revenants* (2004) : seules reviennent à la vie les personnes dont la mort remonte tout au plus à une dizaine d'années. Comme dans le long-métrage de Robin Campillo, les âmes défuntes réintègrent l'enveloppe charnelle qu'elles occupaient et reprennent le cours de leur existence au moment où elles l'avaient abandonnée. Ainsi, elles ont en apparence le même âge qu'au moment de leur décès. Quant à leur aspect, il est lui aussi le même qu'à la veille que leur trépas : ces « revenants » n'ont rien de répugnant et ne montrent aucune forme d'agressivité ou de trouble de la personnalité, si ce n'est une certaine mélancolie.

5 MILLIONS DE FRANÇAIS EN PLUS

Ainsi, en France, le phénomène ferait augmenter la population de 7 %, avec environ 5 millions d'habitants supplémentaires. Si les nouveaux venus seraient de tout âge, la plupart d'entre eux seraient des personnes âgées : d'après un rapport de la Global Health, la majorité des décès sont en effet liés à des problèmes survenant avec l'âge, tels que les AVC, les cardiopathies ou encore les maladies neurodégénératives. Les décès des 20 à 60 ans sont bien moins nombreux, avec un taux de mortalité de 1,4 %.

Les rues se retrouveraient donc envahies de gens âgés qui errent sans but, puisque tous n'auraient pas conscience d'avoir été ressuscités : certains auraient même oublié leur existence. Rapidement, les autorités interviendraient pour les conduire dans un premier temps dans des gymnases ou des salles communales transformés à la hâte en centres de refuge. Là-bas, des équipes médicales les prendraient en charge et les recenseraient. Puis, dans la mesure du possible, leurs familles seraient contactées pour venir les chercher.

UN CHOC PSYCHOLOGIQUE

Quand les retrouvailles pourraient avoir lieu, ce serait souvent un choc psychologique pour les proches, qui se trouveraient soudain face à un être qu'ils croyaient perdu, dont ils avaient fait le deuil depuis longtemps. La charge émotionnelle de cette situation est comparable à celle des personnes retrouvant un parent porté disparu depuis des années : un mélange de joie et de stupéfaction. Pour faire face à ces situations délicates, des cellules psychologiques seraient mises en place dans le but d'aider les revenants et leurs familles à retrouver une vie normale. Mais malgré le suivi thérapeutique, certains ne parviendraient pas à gérer le choc ou à supporter la cohabitation, et choisiraient de mettre fin à leurs jours… Ironique, non ?

DIFFICILE RÉINSERTION

Une fois la surprise passée, des problèmes concrets devraient être réglés. Outre la difficile gestion des revenants, la recherche de leurs proches ou l'approvisionnement en nourriture et en eau, il faudrait régulariser la situation de tous ces gens qui n'ont pas d'existence légale : aux yeux de la loi, les revenants seraient considérés comme morts et, par conséquent, ils n'auraient aucun droit… En outre, les centres de refuge s'avéreraient bientôt insuffisants pour les garder avant d'éventuelles retrouvailles avec les familles. Certains États décideraient donc de les réinsérer dans la société : les enfants retourneraient à l'école, les adultes au travail… Et les vieillards également ! Ces anciens retraités poseraient en effet problème, car le nombre de travailleurs actifs demeurerait insuffisant pour financer leur retraite et les gouvernements demanderaient donc à ceux qui le peuvent de reprendre un emploi. Une réintégration pas toujours facile, surtout au vu du rapport particulier que certains vivants méfiants entretiendraient avec ces personnes dont l'existence même défie la logique et les lois de la nature… Ainsi, dans certains pays aux mentalités superstitieuses, les revenants seraient traqués, lynchés et… tués une seconde fois.

UN RÊVE POUR L'HUMANITÉ ?

Le retour des morts à la vie constituerait donc un indéniable choc pour la société. Mais ce retour n'apporterait pas que du négatif : il représenterait un rêve devenu réalité pour toute l'humanité, celui de l'immortalité. Ou du moins, celui de retrouver des êtres chers. D'ailleurs, si vous aviez l'occasion de parler à nouveau aux proches que vous avez perdus, que leur diriez-vous ?

I'LL BE
BACK

« Imaginons que
des morts pacifiques
reviennent à la vie… »

Et si
LA TERRE ÉTAIT PERCUTÉE PAR UN ASTÉROÏDE ?

Selon la Nasa, un astéroïde de 500 m de diamètre, baptisé Bennu, pourrait entrer en collision avec la Terre en 2182 et entraîner des dégâts considérables. Si le risque n'est que de 0,037 %, il semble intéressant de savoir quelles pourraient être les conséquences d'une collision entre un corps céleste et notre chère planète.

UN BOLIDE DE 14 KM DE DIAMÈTRE

Commençons par un petit rappel : astéroïde et météorite ne désignent pas la même chose. Une météorite est en fait ce qui reste, après les frictions avec l'atmosphère, d'un météoroïde, un corps céleste qui s'est justement détaché d'un… astéroïde.

Pour notre scénario, plutôt que de choisir Bennu et ses 500 m de diamètre, prenons un astéroïde aux mêmes dimensions que celui qui a favorisé l'extinction des dinosaures il y a 66 millions d'années, un bolide de 14 km de diamètre, soit environ la largeur de Paris. Cela peut paraître beaucoup mais, en réalité, la Terre a déjà connu bien pire : des chercheurs australiens ont déterminé qu'un astéroïde deux à trois fois plus large l'avait percutée il y a 3,5 milliards d'années.

UN PROBABLE IMPACT DANS L'EAU

Ça y est, le couperet est tombé : l'agence SpaceWatch, chargée de la surveillance des corps célestes, vient tout juste d'annoncer qu'un astéroïde percutera la Terre dans 6 ans. Si le point d'impact n'a pas encore pu être déterminé, il y a de forts risques que celui-ci ait lieu dans un océan, puisque plus des deux tiers de notre planète en sont couverts. Dans ce cas, nous en serions quittes pour un tsunami géant. Partons donc du principe que nous n'ayons pas de chance et que l'astéroïde s'écrase aux États-Unis. Ce scénario suivrait celui que la Nasa a développé en 2019, en imaginant ce qui pourrait se passer en cas de collision avec ces gros morceaux de roche. L'impact serait prévu sur la ville de Denver, en plein cœur du pays. Au vu de la gravité de la situation, les grandes puissances se réuniraient pour trouver une solution. Car il y en aurait…

« L'impact serait prévu sur Denver, en plein cœur du pays... »

« Des roches seraient projetées dans les airs avant de retomber comme des obus. »

PAS DE BRUCE WILLIS POUR SAUVER LA PLANÈTE

Contrairement au scénario de nombreux films catastrophe, comme le célèbre *Armageddon* (1998), il n'est pas possible de faire exploser un astéroïde de grande taille. En revanche, il serait envisageable de dévier sa trajectoire. Pour ce faire, deux solutions : envoyer des vaisseaux explosifs s'écraser sur le bolide ou mettre un corps en orbite autour de lui pour modifier sa course. La communauté internationale opterait pour la première. Et, après 3 ans de travaux, quatre engins seraient lancés à l'assaut du corps céleste, et parviendraient après l'avoir percuté à dévier sa trajectoire. Mais la joie serait de courte durée : après 6 mois de calculs, il s'avère que la collision n'aura pas lieu à Denver mais à... New York !

DES DIZAINES DE MILLIONS DE RÉFUGIÉS

Plus le temps d'essayer quoi que ce soit, la seule solution à présent serait d'évacuer la future zone sinistrée. Et ça concernerait un paquet de gens, puisque l'onde de choc devrait balayer le paysage à plusieurs centaines de kilomètres à la ronde. Des dizaines de millions de personnes fuiraient, les routes seraient bloquées, et la relocalisation des réfugiés poserait d'immenses problèmes. On transférerait les institutions américaines à Los Angeles, tandis que l'économie du pays chuterait de façon vertigineuse.

OURAGAN, SÉISME ET PLUIE D'OBUS

Le jour fatidique arriverait enfin : une gigantesque boule de feu illuminerait le ciel pendant quelques dizaines de secondes avant de s'écraser dans un fracas monumental. Un séisme de 10 sur l'échelle de Richter serait ressenti à des dizaines de kilomètres à la ronde, des roches projetées dans les airs avant de retomber comme des obus, et l'onde de choc anéantirait tout ce qui se trouve dans un rayon de plusieurs centaines de kilomètres.

Toutefois, les conséquences de cette apocalypse s'avéreraient bien moins dramatiques pour l'humanité que celle qui a décimé les dinosaures à la fin du Crétacé. À l'époque, l'astéroïde s'était écrasé au pire endroit possible, heurtant de plein fouet des roches riches en pétrole qui avaient libéré 1,7 milliard de tonnes de particules fines de carbone. Dans notre cas, le nuage de cendres, en diminuant la lumière du soleil, provoquerait l'extinction de nombreuses espèces, tant chez la faune que la flore, mais une partie de cette dernière pourrait être préservée grâce à la réserve mondiale de semences, située dans le Svalbard, l'archipel d'îles au nord de la Norvège.

BOULEVERSEMENT DE L'ORDRE MONDIAL

Forcément, le monde d'après l'impact changerait radicalement par rapport à celui d'avant. Toute la côte est nord-américaine serait remodelée. Du fait de la disparition d'une portion de leur territoire et de la destruction de leurs infrastructures commerciales et industrielles, les États-Unis perdraient une partie de leur hégémonie économique et culturelle. Le pays devrait aussi se remettre de lourdes pertes humaines, probablement de plusieurs millions de personnes, et gérer le déplacement d'au moins autant de réfugiés. Avec l'affaiblissement de l'Oncle Sam, c'est tout l'ordre mondial qui serait bouleversé. Et une question reste en suspens : quelle puissance pourrait profiter de la catastrophe pour tirer son épingle du jeu ?

Et si

LA TROISIÈME GUERRE MONDIALE ÉTAIT DÉCLARÉE ?

Après une première moitié du XXe siècle marquée par deux conflits planétaires en seulement trois décennies, voilà 80 ans que l'humanité n'a plus connu de guerre mondiale. Mais imaginons que la situation se détériore au point qu'un troisième conflit mondial éclate... Qui concernerait-il et comment se traduirait-il ? Serait-il aussi meurtrier que ses deux aînés ?

SO FAR SO GOOD ?

Avant de rentrer dans le vif du sujet, précisons qu'une troisième guerre mondiale est peu probable car les puissances qui pourraient être concernées, à savoir en premier lieu les États-Unis et la Chine, sont trop fortes et trop... dépendantes l'une de l'autre. Les produits chinois représentent en effet 20 % des importations américaines. Mais il est vrai que la situation géopolitique mondiale, notamment les guerres en Ukraine et à Gaza, incite à la méfiance : les dirigeants d'aujourd'hui ont-ils vraiment tiré des leçons du passé ?

FATAL INCIDENT DIPLOMATIQUE

Donnons-nous donc une petite décennie pour que la situation se détériore suffisamment... Nous sommes en 2035 et les relations diplomatiques entre le pays de l'Oncle Sam et l'empire du Milieu se sont largement délitées. Surtout, la Chine a atteint l'objectif qu'elle s'était fixé : devenir le leader mondial de l'innovation dans toutes les technologies de pointe. Et, alors que les tensions sont à leur paroxysme, un incident diplomatique a lieu. Comme à Sarajevo en 1914, cela suffit pour pousser à bout les deux puissances : un conflit direct commence et, par effet boule de neige, la Troisième Guerre mondiale est déclarée.

PRIS AU PIÈGE DE THUCYDIDE

Comme pour ses deux aînées, elle réunit une multitude de pays regroupés autour de deux pôles : les États-Unis et la Chine. La *team* USA est naturellement soutenue par les membres de l'Otan, c'est-à-dire une bonne partie de l'Europe, et le « Géant qui sommeille » peut compter sur la l'Organisation de coopération de Shanghai, qui rassemble plusieurs États d'Asie centrale, mais aussi et surtout l'Inde et la Russie. Cet affrontement est donc une version moderne du « piège de Thucydide », situation dans laquelle une puissance vieillissante et dominante voit son autorité contestée par une autre puissance jeune et montante. Près de 2500 ans après l'historien grec, les États-Unis ont remplacé la vieille Athènes, et la Chine joue le rôle de la jeune Sparte.

PAS DE CONFLIT NUCLÉAIRE

Les deux camps luttent pour l'hégémonie mondiale économique et culturelle. Tout se fait sans utiliser la bombe atomique, car cela reviendrait à signer l'arrêt de mort de l'humanité : si l'un des dirigeants engagés avait le malheur d'appuyer une seule fois sur le fameux bouton rouge, une autre bombe nucléaire serait sans doute envoyée en guise de représailles et le monde entier pourrait finir enseveli sous un lit de champignons atomiques géants… La guerre n'a d'ailleurs pas lieu directement sur le territoire des principaux belligérants, car cela représenterait un poids économique trop important. Le conflit prend plutôt la forme des moments les plus délicats de la guerre froide, comme la crise des missiles de Cuba.

L'EUROPE CONTRAINTE À L'ABSTENTION

Ainsi, c'est au Japon et en Corée du Sud que tout éclate, car ces deux pays sont le principal relais de l'influence américaine en Asie. La Corée du Sud, si elle n'est pas dans l'Otan, est un allié des États-Unis, et le Japon accueille de nombreuses bases militaires américaines. En outre, la Russie, allié majeur de la Chine, peut, elle aussi, intervenir facilement au pays du Soleil-Levant. Quant à l'Europe, elle peine à réagir en raison de sa situation difficile : alliée des Américains, ces derniers sont également son principal client en ce qui concerne les exportations. Mais d'un autre côté, les produits russes et chinois représentent 40 % de ses importations, et la Russie fournit un quart du gaz européen. En s'engageant à corps perdu, le Vieux Continent risque donc les sanctions économiques ou une coupure du gaz.

AFFRONTEMENTS EN TERRE POLAIRE

Pour contrebalancer le camouflet reçu en Asie, l'Otan cherche à sauver la face en renforçant sa domination au Moyen-Orient, où se trouvent les gisements de pétrole, dans le but de priver la Chine et ses alliés de ces précieuses ressources. Mais le réchauffement climatique et la fonte des glaces ont libéré de nouveaux gisements au pôle Nord, accessibles à la Russie et aux USA, ainsi qu'au Canada et à la Norvège via le Groenland. Le cercle polaire arctique devient donc le seul endroit où les différentes puissances entrent en conflit directement, relativement loin de leur territoire respectif.

CYBERDÉSTABILISATIONS

S'il y a bien un terrain où tout le monde s'affronte, c'est celui de la cyberguerre. Les attaques informatiques et autres piratages prennent la forme d'opérations de sabotage, visant à déstabiliser les États et leurs institutions, le but étant que ces protagonistes deviennent trop faibles pour se maintenir dans le conflit. Un peu comme un tour de table au poker où les participants ayant une main faible finissent par se coucher…

« Alors que les tensions sont à leur paroxysme, un incident diplomatique a lieu. »

« Comme tous les mercredis soir, vous allez visionner chez un ami les dernières vidéos de vos ex-youtubeurs préférés. »

Et si INTERNET CESSAIT DE FONCTIONNER SUBITEMENT ?

La disparition d'Internet est une perspective bien réelle. Des chercheurs de l'université de Birmingham évoquent une possible saturation des réseaux, provoquée par l'explosion des échanges de données et baptisée « Capacity Crunch », et estiment que la Toile pourrait s'effondrer entre 2030 et 2050. Alors, que ferions-nous si cette prédiction se réalisait ? Voici à quoi pourrait ressembler votre vie si Internet cessait tout à coup de fonctionner.

APRÈS QUELQUES HEURES

Tiens, voilà qui est bien étrange : ce matin, votre portable n'a pas vibré une seule fois et vous n'avez pas reçu la moindre notification. En ouvrant Instagram, vous constatez avec dépit que rien ne se produit lorsque vous tentez de mettre à jour votre fil d'actualité. Pensant que votre box a planté, vous basculez sur les données mobiles… Toujours rien. Un coup de téléphone à votre opérateur vous apprend que les lignes sont saturées : des tas de clients râlent parce qu'on les prive de connexion depuis plusieurs heures… Un vrai scandale ! Las de poireauter en écoutant en boucle du Vivaldi, vous allumez votre télé, heureusement branchée à la TNT, et là, stupeur : on annonce la fin d'Internet ! Les *data centers* du monde entier ont surchauffé puis brûlé, toutes les lignes sont mortes et les données du web se sont envolées à tout jamais…

Sur les marchés financiers, les actions des pontes du secteur comme Google et Meta chutent de manière vertigineuse. Quant aux banques, elles ne sont pas en reste : leur argent virtuel, soit environ 90 % de leurs actifs, devient inaccessible et… disparaît.

APRÈS QUELQUES JOURS

Sans Internet, ce sont près de 2 heures par jour qui se libèrent pour vous. Pour les remplir, vous avez l'embarras du choix : cinéma, théâtre, musée, médiathèque ou encore l'errance entre potes, telle qu'on la pratiquait au début des années 2000. Vous pouvez aussi rester chez vous et piocher un livre dans votre bibliothèque ou… allumer votre ordinateur, pour exploiter l'un des nombreux usages accessibles sans connexion. Et si vous en profitiez pour aller faire un tour dans votre cave pour tenter de retrouver votre vieux Minitel ? Cet ancêtre d'Internet pourrait bien revenir à la mode à vitesse grand V, puisqu'il fonctionne grâce au réseau téléphonique qui, de son côté, est toujours opérationnel.

APRÈS QUELQUES SEMAINES

Deux secteurs voient d'un très bon œil la situation actuelle : la télévision et les journaux. Depuis le début du « Capacity Crunch », les deux médias se portent à merveille et bénéficient pleinement de la soif d'informations du public. Les DVD se vendent comme des petits pains et le peu de loueurs qui n'avaient pas

« Le fax a refait surface et des réseaux fermés alternatifs, reliant plusieurs ordinateurs entre eux, se développent peu à peu. »

encore baissé le rideau voient leur boutique se remplir de clients. Les ventes de CD explosent elles aussi et vous commencez à prendre l'habitude de vous rendre une fois par semaine dans un bar où se réunissent des fans de votre style musical, à la recherche de découvertes et de rencontres.

Mais le domaine le plus satisfait de la disparition d'Internet n'est autre que… l'écologie. Plus besoin en effet d'alimenter en énergie les millions de serveurs web et les milliers de *data centers* dans le monde, dont l'empreinte carbone est considérable…

APRÈS QUELQUES MOIS

Les entreprises ont eu le temps de revoir leurs systèmes de communication : le fax a refait surface et des réseaux fermés alternatifs, reliant plusieurs ordinateurs entre eux, se développent peu à peu. La Poste est particulièrement sollicitée depuis la coupure : le bon vieux courrier a succédé aux e-mails et aux messageries instantanées. De nombreux emplois ont disparu, puisque les 2 millions de personnes travaillant jadis dans le secteur de l'IT se sont retrouvées désœuvrées. Toutefois, d'autres domaines recrutent à tour de bras, notamment pour consolider le réseau téléphonique, qui regroupe désormais toutes les communications.

Les mots « hashtag », « like » ou « tweet » ont presque disparu de notre vocabulaire et on ne mentionne plus les géants du web que pour évoquer leur déclin. Tous n'ont cependant pas fait faillite : avec un chiffre d'affaires de 350 milliards de dollars en 2024, Google a encore de quoi voir venir. Amazon tente de trouver une nouvelle occupation à ses quelque 1,5 million d'employés à travers le monde.

De votre côté, comme tous les mercredis soir, vous allez visionner chez un ami les dernières vidéos de vos ex-youtubeurs préférés. Celui-ci a eu la bonne idée de s'abonner au journal des vidéastes et reçoit chaque semaine un DVD avec toutes leurs productions du moment. Cela ne vous empêchera pas de vous rendre prochainement à l'une des nombreuses conventions de vidéastes qui se multiplient un peu partout en France.

APRÈS QUELQUES ANNÉES

À ce stade, nous nous trouverions à un tournant dans la gestion de l'après-Internet : continuerions-nous à reprendre nos habitudes du XXe siècle en acceptant la disparition du web ? Ou bien, incapables de vivre sans lui, nous mettrions-nous à vouloir à tout prix le reconstruire ?

Et vous, seriez-vous capable de faire comme à peine 14 % des Français, vous couper totalement d'Internet, ne serait-ce qu'une petite semaine ?

Et si

UNE ÈRE GLACIAIRE COMMENÇAIT DEMAIN ?

Les périodes de glaciation sont loin d'être exceptionnelles : elles se répètent à intervalles réguliers dans l'histoire de la Terre. La dernière en date remonte à 10 000 ans et certains scientifiques pensent que la prochaine pourrait avoir lieu vers... 2030. Il s'agirait là d'une « mini-ère glaciaire » de quelques décennies, due à une baisse de l'activité solaire. Mais qu'arriverait-il si nous avions affaire à une vraie glaciation et qu'elle commençait dès... demain ?

5 °C DE MOINS

Dès la nouvelle tombée, les médias du monde entier la relaieraient : la Terre est entrée dans une nouvelle ère glaciaire. Dans l'immédiat, vous ne vous apercevriez de rien, mais sur le long terme, les températures chuteraient d'au moins 5 °C sur l'ensemble du globe. En France, cela donnerait un printemps à 11 °C, un été à 15 °C, un automne à 8 °C et un hiver à peine au-dessus de 0 °C. Cela peut paraître peu mais, en réalité, les conséquences d'une telle baisse seraient dévastatrices.

DES VALLÉES INHABITABLES

Jusqu'à présent, les calottes glaciaires des pôles fondaient davantage l'été qu'elles ne se reformaient en hiver. Mais avec la chute des températures, elles ne cesseraient de s'étendre. Ainsi, les premiers affectés seraient les habitants des massifs montagneux, comme les Alpes, les Pyrénées ou l'Himalaya. Les glaciers d'altitude grandiraient d'environ 130 m par an et, au bout de plusieurs dizaines d'années, ils chasseraient les habitants des vallées. Les humains, mais aussi toute la faune de montagne, seraient contraints de fuir devant ce mur de glace.

LA SCANDINAVIE RECOUVERTE DE GLACE

Aux pôles également, les glaces progresseraient. En quelques décennies, elles atteindraient l'Islande. Le pays pourrait avoir eu le temps de développer une technologie permettant d'exploiter la chaleur naturelle du volcanisme actif pour lutter contre le froid, mais d'autres contrées pourraient se retrouver plus démunies : après plusieurs siècles, la Scandinavie, les pays baltes, le nord-ouest de la Russie et les deux tiers nord du Royaume-Uni seraient entièrement recouverts par d'immenses glaciers. En Europe, les massifs montagneux deviendraient inaccessibles : adieu la Savoie, le Tyrol, la Bavière et la Suisse… De l'autre côté de l'Atlantique, la quasi-totalité du Canada et le nord des États-Unis seraient, eux aussi, touchés par la glace. Enfin, dans l'hémisphère sud, l'Antarctique aurait sans doute grandi jusqu'à rejoindre la Patagonie, à la pointe sud de l'Amérique latine, bouchant ainsi les voies navigables entre l'Atlantique et le Pacifique.

PÉNURIE DE RÉCOLTES ET DE PÉTROLE

Ainsi, des millions de personnes devraient quitter leur foyer et être relogées dans des zones encore à l'abri. Avec l'arrivée de ces réfugiés climatiques se poserait la question cruciale de la nourriture, puisque la multiplication des hivers rigoureux aurait fait geler les récoltes. En outre, le gel a privé l'humanité d'autres ressources : le bois nordique et, surtout, le pétrole, dont les gisements situés en mer de Norvège seraient maintenant inatteignables. Les produits pétrochimiques, comme l'essence ou le plastique, se feraient donc eux aussi plus rares. Les énergies solaire et éolienne pourraient toujours être utilisées, mais seraient-elles suffisantes pour subvenir à tous nos besoins ?

DISPARITION DE LA MER ADRIATIQUE

L'eau prenant plus de place sous forme solide que liquide, la glaciation ferait baisser le niveau des océans. Et cette diminution ne se compterait pas en centimètres, puisqu'elle atteindrait environ… 130 m ! Dans cette configuration, il serait désormais possible de faire le voyage France-Angleterre à pied. En Méditerranée, la Corse, la Sardaigne et la Sicile ne formeraient plus qu'une grande île, et la mer Adriatique serait quant à elle… complètement asséchée. La mer du Japon se transformerait en un vaste lac salé et le pays du Soleil-Levant ne serait plus un archipel, mais un ensemble de terres rattaché à la Corée, à la Chine et à la Russie. Cette dernière aurait un autre voisin, et pas des moindres : les États-Unis. Le détroit de Béring qui sépare les deux pays deviendrait en effet un inlandsis, c'est-à-dire une couche de glace recouvrant une terre.

Et ce n'est pas tout à fait fini : la profonde modification des masses océaniques entraînerait un bouleversement des courants marins et le Gulf Stream cesserait de venir réchauffer les côtes d'Europe occidentale, ce qui occasionnerait une baisse supplémentaire des températures, de l'ordre de 5 °C.

ADAPTATION HUMAINE

À l'issue de cet âge de glace, les humains ne seraient sans doute plus tout à fait les mêmes. Les changements génétiques auront eu le temps de s'opérer, notre peau serait probablement plus claire, de même que nos cheveux, et nous aurions également davantage de poils pour mieux supporter les rudesses du froid. Et, avec des bouleversements si profonds, les pays riches d'aujourd'hui deviendraient peut-être les pays pauvres de demain. Et vice versa… Quoi qu'il en soit, nous survivrions à cette période. Après tout, l'humanité n'a-t-elle pas déjà connu un âge glaciaire, et dans des conditions autrement plus précaires ?

« Les humains seraient contraints de fuir devant ce mur de glace. »

Et si
TOUS LES HUMAINS SE VOLATILISAIENT ?

Nous le savons, l'activité humaine est globalement très nocive pour notre planète. Si tous les humains disparaissaient en un claquement de doigts, il serait facile d'en conclure que les autres espèces en profiteraient instantanément. Seulement, avec tout ce que nous laisserions en plan, ce ne serait pas si simple...

APRÈS QUELQUES MINUTES

Ça y est, les humains ont disparu, et déjà le monde commencerait à changer. Presque tous les bruits liés à leurs activités disparaîtraient. Il resterait quelques avions en pilotage automatique, qui s'écraseraient dès leur réserve de kérosène épuisée. Dans les grandes villes, la température baisserait imperceptiblement : tous ces corps humains massés généraient en effet de la chaleur. L'électricité continuerait de fonctionner pour encore une poignée d'heures, jusqu'à ce que les centrales électriques tombent en panne à cause des problèmes ne pouvant plus être gérés par les humains.

APRÈS QUELQUES HEURES

Toutes les usines pétrolières s'arrêteraient pour les mêmes raisons. Les centrales nucléaires ne fonctionneraient plus non plus, mais les générateurs de secours permettraient pour l'instant de garantir la sécurité. Partout, l'électricité serait coupée et les lumières s'éteindraient, sauf pour les rares édifices autonomes en énergie. Dans les raffineries, certains gaz, maintenus à basse température pour être liquéfiés, ne seraient plus réfrigérés et retrouveraient leur état naturel. Ils seraient évacués à l'extérieur par les soupapes de sécurité. Ils se répandraient alors dans la nature, tuant les animaux ayant le malheur de se trouver dans le coin, et seraient susceptibles de s'enflammer à tout moment.

APRÈS 1 JOUR

Les quelque 600 raffineries du monde, envahies par les gaz inflammables qui se mélangeraient, exploseraient. Les produits chimiques qu'elles renferment se répandraient dans les forêts, champs et autres rivières situés aux alentours. Et puisque personne ne serait là pour gérer les incendies, ils dureraient plusieurs mois.

APRÈS 3 JOURS

Les rats envahiraient les villes. Les centaines de millions d'animaux domestiques enfermés chez eux commenceraient à avoir faim. Dans les 448 centrales nucléaires présentes sur le globe, l'électricité fonctionnerait toujours grâce aux générateurs de secours, mais les bassins de refroidissement ne seraient plus alimentés en eau.

« Les humains disparaissent en un claquement de doigts, et déjà le monde commence à changer. »

« Les chiens formeraient des meutes pour chasser. »

APRÈS 4 JOURS

L'eau acheminée vers les villes par les stations de pompage ne serait plus consommée et s'accumulerait dans les conduits. Les canalisations les plus vieilles exploseraient et l'eau percerait de part en part les chaussées, qui se déformeraient. Les tunnels du métro seraient inondés. Les eaux usées n'étant plus pompées par les stations d'épuration, elles se déverseraient dans les rivières ou les lacs et nuiraient aux espèces environnantes.

APRÈS 1 SEMAINE

Les milliards d'animaux des fermes manqueraient à leur tour de nourriture. Ceux en cage mourraient et ceux qui parviendraient à briser leur enclos auraient de maigres chances de survie.

De leur côté, les chiens, attaqués par la vermine, formeraient des meutes pour chasser et n'hésiteraient pas à se nourrir de chats ou de leurs plus petits congénères. Les plantes et insectes nuisibles proliféreraient au détriment des autres espèces. Dans les centrales nucléaires, les générateurs, arrivés au bout de leurs ressources d'énergie, s'arrêteraient et cesseraient de refroidir l'eau protégeant les déchets nucléaires.

APRÈS 2 SEMAINES

Cette eau, chauffée par la radioactivité, se serait évaporée. Plus rien ne refroidirait les centrales nucléaires qui, une à une, exploseraient. Chacune aurait l'effet radioactif de près de... 250 bombes atomiques. La faune et la flore environnantes seraient tuées par les radiations. Le plutonium libéré serait radioactif pendant encore... 240 000 ans.

APRÈS 1 MOIS

La plupart des lacs artificiels situés dans des zones arides ne seraient plus alimentés en eau et se seraient asséchés. Les animaux qui s'y abreuvaient mourraient de soif. Les corps cryogénisés ne seraient plus maintenus au frais et se décomposeraient dans les cuves qui devaient leur garantir la vie éternelle. Il en serait de même pour les réserves humaines de sperme, d'ovules et d'embryons.

APRÈS QUELQUES MOIS

Les incendies des raffineries s'éteindraient enfin. Les grandes villes sujettes aux fortes averses seraient inondées et leurs sols se gorgeraient d'eau. Les particules radioactives issues des explosions nucléaires auraient eu le temps de retomber. Quant à la pluie, elle lessiverait les feuilles des arbres irradiés et ferait pénétrer les particules radioactives dans le sol. L'air deviendrait plus sain et la visibilité augmenterait, car l'humanité ne rejetterait plus de gaz. Mais il faudrait encore plusieurs siècles aux plantes pour filtrer le CO_2 produit par l'activité humaine.

APRÈS 1 AN

La nature aurait fait le tri dans les espèces : certaines se seraient parfaitement adaptées à leur nouvel environnement, mais d'autres, trop faibles ou dépendantes des humains, n'auraient pas survécu. Dans les zones plus tempérées, les structures seraient rongées par les insectes et l'eau aurait imbibé les anciennes zones marécageuses.

Et si
LA TERRE ÉTAIT UN CUBE ?

Saviez-vous qu'il existe une espèce de poisson dont la tête a la forme d'un cube ? Il s'agit de l'*Ostracion cubicus*, plus connu sous le nom de poisson-coffre jaune. Dès lors, nous pourrions imaginer que cette allure cubique s'applique à d'autres formes de vie, et pourquoi pas carrément à... la Terre ? Si notre planète était un cube, qu'est-ce que cela changerait? Comment la vie s'y serait-elle développée ? Serait-elle seulement habitable ?

UN MONDE CRÉÉ PAR DES EXTRATERRESTRES

Comme vous le savez sans doute, la gravité est une force qui attire toute matière de manière uniforme, c'est-à-dire qu'elle tire les côtés de façon égale. C'est pour cette raison que toutes les planètes de l'Univers sont à peu près sphériques, avec simplement un léger aplatissement au niveau de leurs pôles, dû à l'effet de la rotation. Telle qu'elle existe, la gravité rend ainsi impossible la formation d'une planète cubique. Imaginons donc, pour notre scénario, que la Terre ait été construite par des extraterrestres à la technologie particulièrement avancée qui, pour s'amuser et étudier, ont dessiné cette forme pour le moins étrange. En revanche, ils n'ont pas touché au reste du système solaire, qui demeure inchangé, avec sept planètes sphériques.

EXPÉDITION ARDUE VERS LES BORDS

Sur cette nouvelle planète à six faces, la force gravitationnelle ne serait évidemment pas répartie équitablement sur tout le cube. Il existerait, de la même façon que dans notre réalité, un centre de gravité dans le noyau de la Terre, mais aussi six autres centres situés dans une zone plus ou moins grande au centre de chaque carré. Ainsi, plus vous vous éloigneriez de ce centre, plus la force d'attraction vous retiendrait en arrière. Pour partir à la conquête des coins du monde, il faudrait donc faire preuve d'une solide condition physique, un peu comme les alpinistes grimpant vers les sommets. D'ailleurs, cette exploration vers les bords aurait un autre point commun avec l'évolution en altitude : le manque d'oxygène. Car la gravité attirerait l'air au centre de chaque face du cube, formant une sorte d'immense bulle d'air autour de lui et diminuant cruellement sa quantité sur les bords. L'expédition requerrait ainsi probablement des bombonnes d'oxygène, un équipement lourd qui ajouterait une difficulté supplémentaire.

L'ESPACE SANS BOUGER DE LA TERRE

Mais admettons que vous surmontiez toutes ces difficultés et atteigniez tant bien que mal l'un des coins de notre cube planétaire. Comme il n'y aurait plus d'oxygène, ni même quasi plus d'atmosphère, vous seriez pour ainsi dire à la frontière entre la Terre et... l'espace. Car dans ce monde alternatif, les coins de la Terre dépasseraient la ligne de Kármán, cette frontière invisible qui marque la limite entre l'atmosphère terrestre et l'espace. Située à seulement 100 km d'altitude dans notre monde sphérique, elle serait largement franchie au cours d'un voyage vers les bords. Pour vous en apercevoir, il vous suffirait de superposer une sphère à un cube dont le côté est de même longueur que son diamètre : les coins du cube iraient bien au-delà de la surface de la sphère. Dans cette configuration, vous auriez donc la chance de pouvoir vous rendre dans l'espace… sans bouger de la Terre.

HORIZON LOINTAIN

Autre spectacle qui vaudrait son pesant d'or : l'observation de l'horizon. Si une caméra pouvait s'envoler dans les airs pour filmer notre cube, nous verrions que la Terre ne présente absolument pas de courbure, avec six faces parfaitement planes ! Cela signifie que si un aventurier décidait de s'y poser, il aurait la possibilité de voir très loin devant lui. L'horizon serait en effet beaucoup plus lointain que sur notre Terre sphérique actuelle.

D'IMMENSES DÉSERTS AUX HUIT COINS DU CUBE

Mais tout ne serait pas rose sur cette étrange planète. De fait, si l'air se concentrait au centre de chaque facette du cube telle une immense bulle, il en serait exactement de même pour l'eau. Les océans se regrouperaient au centre, ce qui laisserait les terres arides et sèches comme du parpaing vers les coins externes du cube. Les zones éloignées du centre de gravité seraient sans doute… un enfer. Mieux vaudrait donc choisir de vivre proche de l'un des six centres des carrés. Si notre cube était incliné de 23°, à l'instar de notre Terre sphérique, le soleil illuminerait équitablement chacune des faces et les saisons disparaîtraient. En revanche, les faces nord et sud, les moins éclairées par notre étoile, abriteraient un climat plus froid. Quant à la végétation, elle serait très luxuriante vers les centres et très aride vers les bords.

PLUSIEURS ESPÈCES HUMAINES ?

Autre point important : les humains et les animaux habitant vers les centres, là où la gravité est la plus forte, seraient peut-être devenus, après des millénaires d'évolution, plus petits et tassés que ceux vivant vers les bords. En outre, une planète cubique aurait probablement compliqué la communication entre les habitants de chacune des six faces. Ainsi, les humains auraient-ils évolué de la même manière ? En d'autres termes, plusieurs espèces d'*Homo sapiens* auraient-elles pu voir le jour ?

« Imaginons que la Terre ait été construite par des extraterrestres. »

Cet ouvrage est composé de matériaux issus de forêts
bien gérées certifiées FSC®, de matériaux recyclés et
de matériaux issus d'autres sources contrôlées.
Le Forest Stewardship Council® est une organisation
internationale non gouvernementale qui encourage une
gestion écologiquement adaptée, socialement bénéfique
et économiquement viable des forêts de la planète.
Pour en savoir plus, consultez le site www.fsc.org

FSC
www.fsc.org
MIXTE
Papier issu de
sources responsables
FSC® C014138

Achevé d'imprimer en octobre 2025
par FINIDR
Dépôt légal : novembre 2025
Imprimé en République Tchèque